情深物語 一

阿濃寫給你的80個愛的小故事

阿濃 著

情深物語——阿濃寫給你的80個愛的小故事
作者／阿濃
責任編輯／卓希雪
美術設計／陳詩韻
插圖／Wong Ho Yee黃皓怡
出版發行／突破出版社
香港沙田亞公角山路33號突破青年村
電話：2632 0000　傳真：2632 0388
電郵：breakthrough@breakthrough.org.hk
網址：http://www.breakthrough.org.hk
http://www.btproduct.com
承印／海洋印務
2024年7月初版1刷

Little Love Stories
by A Nong
First Printing, First Edition, July 2024

Printed in Hong Kong
ISBN 978-988-8846-08-5

本書採用環保油墨印刷

或坐在巨人的肩膀上，
或呷一口書香，
讓我們的生活漸次提升，
讓眼界更遼闊。

目錄

愛過留痕

愛過，總會留下或深或淺的痕跡，在人間，在心上。

代代有情

樣貌、體質會一代代傳下去，而更強的傳遞是情。

人間情事

人間的亮點是情，它永遠在黑暗中發光。

特別人物

特別的人處特別之境，行特別之事，給我們特別的體悟。

想像的故事

有時想像距離現實更近。

動物故事

牠們不會說話，我們仍然明白。

序：傳遞深情

文學、藝術之動人，全賴一個「情」字。包括愛情、親情、家國之情、眾生萬物之情。情之深淺多寡，無分年齡長幼，資產富貧，教育程度高低，種族國籍分野，各以其個人獨特之方式表達出來，千姿萬態，或靈巧，或笨拙，或癡或傻，往往出人意料，而其美麗動人則一。

阿濃以極短篇形式，寫了 80 多個故事，以「情」為主軸，通過日常和非日常的事件，傳遞人間片片深情，為這個看似冷漠的世界添些浪漫和溫暖，為你引起甜或苦的回憶，讓大家更愛身邊人。

愛過留痕

愛過，總會留下或深或淺的痕跡，在人間，在心上。

一根篤魚蛋的竹籤

她明天就要搬家了，婚禮已舉行，東西還在這邊。

手機上的一些前塵往事，電腦上的情情愛愛，都已按鍵消除。一些小玩意，髮夾、手鈪、耳環、頸鍊是舊人所贈，不想在新人面前戴上，已全部送給妹妹。

準備了一個垃圾袋，把所有會引起新人不快的瑣屑，送去堆填區，莎喲娜啦！

兩張、兩張的電影票尾，一雙一雙的音樂會入場券，生日賀卡（由一般的祝賀到肉麻的情話），即影即有的親密合照，重溫之後撕得粉碎，奇怪自己現在才處理。

在諸般秘藏中忽然發現一根竹籤……

那是一個寒冷的節日晚上，在人潮和燈飾中打卡後，兩人走進了一個小公園，想不到昏黃的路燈下，周遭是如此寂靜。一陣寒風吹來，她打了個寒噤。

「冷嗎？」他自然的握住她的手，比起她冰冷的小手，他的手大而暖。

她不自覺的顫抖了一下，卻沒有掙脫，他也就緊握不放。這是他們第一次牽手，她心中充滿幸福。她抬頭看他，迎接她的是深情的眸子。

這時有幾個小孩喧嘩着走進來，她赧然把手掙脫。

走出公園街頭有魚蛋小販，她覺肚餓，買下一串。

她把魚蛋串伸向他嘴邊，他拿着她的手把第一顆魚蛋送到嘴邊咬着，再拿着她的手把第二顆魚蛋送到她嘴邊。就這樣他們把整串魚蛋吃了。

公民教育使她不會亂拋垃圾，她用紙巾抹乾淨竹籤，放入大褸袋中。

回家之後她把竹籤珍重收藏，記念她第一次與相愛的人牽手。

在幾番去留的抉擇之後，她把竹籤放進一個布袋，跟媽媽送的第一個布娃娃，爸爸送的第一副手機，祖母送的玉墜放在一起。

像許多初戀一樣，愛情的果實沒有成熟，但回憶總是甜蜜的，它可能附着在任何事物上，包括一根篤魚蛋的竹籤。

來生密碼

傅一元 44 歲那年，在一場八級地震中失去了他的妻子。

他們被埋在一幢大廈的泥石磚瓦中，妻子敏宜頭部破裂，血涔涔下。

傅一元下身被水泥柱壓着，無法動彈。

他們新婚才三年，日子過得甜美。每晚相擁着睡去，親吻後起牀，手拖着手出門上班。想不到橫禍飛來。

敏宜說：「我們恐怕要分手了，真捨不得你。但願來生能再聚。」

一元說：「如有來生，恐怕你認不得我，我認不得你。」

敏宜說：「我們約定一個密碼，憑它相認。」

一元說：「密碼就由你定。」

敏宜說：「現在是1956年5月6日5時6分，我們立誓一心一意永遠相愛。相認密碼就定為56565611。」

經過兩天的搶救，一元倖存，敏宜失救。

一元沉浸在傷痛中，四年後才重開畫班。學畫的都是有藝術氣質的年青人，說說笑笑，不感寂寞。20年後班上來了一個女生，很有天分，對老師有自然的親近。她繪畫時喜歡輕聲哼歌，經常是蔡琴那首《恰似你的溫柔》。喜歡這首歌的同學不少，常引起大家合唱。

一年後女生考進杭州美專，退學去了。

這年的5月6日，一元在敏宜的靈前獻上鮮花，拿起笛子，隨意吹起《恰似你的溫柔》來。忽然發現「恰似你的溫柔」這句的簡譜竟是565656$\dot{1}\dot{1}$。

家姐和我

「我要追你家姐。」他在電話中對我說時，我慌亂得不知怎樣回答。靜默了 10 秒，掙扎出一句：「你當真？」

「你反對？」他說。

「我哪有資格！」這次我回答得快。

「謝謝你！」他說。

謝我什麼？莫名其妙！謝我介紹家姐給他認識？才見一面就鍾情了！

「晚安！」我說。

「今晚我恐怕睡不着了。」他說。

我掛了線。

他是我們排球校隊的外聘教練，26 歲，還在體院讀碩士。皮膚因常在戶外運動曬得健康微黑，笑起來顯得牙齒特別白。他身手敏捷，體力充沛，一出現就讓我們隊員喜歡上他，包括我。

我是隊長，所有課程安排他都先和我商量。在他操練下，我們的表現大有進步，打出前所未有的好成績。隊員的出勤達到 90% 以上，如此種種，除了因為他訓練有方，我想這是因為大家幾乎都愛上了他。

他對大家是一視同仁，我笑他的作風是公平、公正、公開。他說做導師就該這樣。

這次我帶家姐跟他相見，是因為家姐是物理治療師，他最近左膝有輕度扭傷卻久久不癒，我想家姐給他一點意見。

他們兩人一見如故，出於職業習慣，家姐立刻跟他有了肢體接觸。她進行了仔細專業的檢查，示範了幾個按摩和動作。邊做邊互相取笑，就像老朋友一樣。家姐的個性一向爽朗開放，教練的風趣幽默我倒是第一次得見。

想不到的是我對他的心意他竟一無所知，兩小時的會面就使他墮入情網。我知道家姐生得比我好看，感情的事經驗更比我豐富。跟她爭「仔」我必輸無疑。

可是他為什麼要將他的打算告訴我？今後我又將如何面對？

「今晚我恐怕睡不着了。」我想起他的話。

枕邊故事

若蘭和康德是夫婦，已慶祝過金婚。若蘭是作家，康德是醫生，兩人都已退休。

60 年來他們都有一個習慣，睡前枕邊交談半小時。起先是作家講她新寫的故事，醫生講他當天醫治的病症。因為醫生工作疲累，往往故事未聽完已響起鼻鼾。倒是醫生講的病人故事，也曾成為若蘭的寫作題材。

醫生 70 歲退休了，再無病症可講，他把枕邊時間完全交給若蘭。若蘭抗議說這不公平，醫生說她是作家，說故事難不到她，就學《一千零一夜》中的皇后，每晚都有故事。

作家就是作家，雖然已經 68 歲，靈感並未枯竭，她試把短話長說，把故事增加許多細節。細節來自他們自己的生活，醫生卻最愛聽。

日子一天天過去，若蘭發現丈夫的表現有明顯的退步，同樣的問題會問幾次，該吃的藥常常忘記。不止一次外出不知如何回家，還幸帶了手機，若蘭要他講述身在何地，教他如何認路。

他是醫生，當然知道自己出了問題，有一天晚上他在枕邊告訴若蘭，他已患了阿茲海默症，總有一天連她都認不出。其實他不說若蘭也猜到，她什麼也沒說，只是把丈夫緊緊擁抱。

從那天起，她每晚只講同一個故事：

「有一個醫生，名字叫做康德，1950 年 8 月 1 日出生，家住西區兼善里 528 號五樓，電話 3218488。他的妻子名叫李若蘭，兩人十分相愛。」

下面是浪漫的相愛往事，她邊說邊流淚。往事太多，每晚不一定相同。但上面這段介紹卻是必有的開始。她希望在他病情嚴重後仍能向有關人士，說出個人資料。

她曾經要求康德複述這一段話語，慶幸至今他仍能做到。

愛過留痕——年輪

李教授的書房名叫「聊齋」，因為他喜歡跟人聊天。

「聊齋」裏有許多有趣的物件，有關於他自己的經歷，有來自世界各地，後面都有一個有趣的故事。

他歡迎朋友來跟他聊天，清茶加別致的小食。但有一個要求，要講一個不是書報上記載的故事作為交換。

這一天我做了他的客人，他用鐵觀音和龍鬚糖招待我。我看到茶几是整段樹幹做的，几面已經磨平抛光，上了透明的漆，看到一層又一層心形同心圓的年輪。

「能不能告訴我這座茶几的故事？」

「這裏面可不止一個故事。」

下面是他說的——

一場大風吹倒了隔鄰一棵雪松，鄰居阿 Paul 要請人來把它用電鋸分成一段段搬走。阿 Paul 說這棵樹 65 歲了，是他祖父當年建屋時手植。

65 正是我的年齡，我要他留最粗的一段給我，高度要有兩呎半，就造成了這張茶几。几面的年輪，使我想起我的愛情經歷。我沒有結婚，但愛過不止一次，每一段感情都是那麼深刻，印在心版上，永遠留痕。它們的形狀，應該就像年輪這樣。

我的初戀是鄰家女孩，我 14 歲，她 12 歲，都是大人們反對談戀愛的年紀，我們偷偷約會，誓言相愛不渝。想不到先天心臟病奪去她的生命。她託她姐姐交給我的遺物是一個小錦囊，裏面有她一撮頭髮。

高中時我跟同班的一個女同學相愛，我們互相送出我們的初吻。會考後她全家移民，起初我們密密通信，說什麼「兩情若是久長時，又豈在朝朝暮暮。」經過兩三年，音信漸疏，我終於收到一封暗示分手的信，我把它跟以前收到的滿抽屜的信一同燒掉。我認同她的決定，是她結束了一段已無生命力的感情，還雙方以自由。

愛過留痕——緣慳一面

李教授講了兩個故事之後說：「現在輪到你說一個故事作為交換，然後我再繼續我的年輪。」他邊說邊撫摸那張几面。

我講了一個真實的故事：近 40 年前，我跟一位讀者通信，她的信不長，但每封都是精品，從信封、信箋到郵票都配了套，還配合節令和歲月的變遷，加上小小的設計，足見心思。

我參加第一屆中文書展，和人合租了一個攤位，展場收到唯一一個花籃，是她所送。不止一次想約她一見，她都沒有答應。她偶然幫朋友在幼稚園代課，講給小朋友聽的是我寫的故事。有一次她去銀礦灣旅行，景色美麗，很想與我分享。一個鄉人推着一車鴨子經過，掉下一根鴨毛，她寄了給我。我回信說：「今後你看到什麼美好的景致，別忘了喊一聲我的名字，當然，我也會這樣的喚你。」

這許多年來，經歷過我的移民，偶然回港，都未能見她一面。我一方面感到遺憾，卻又佩服她的智慧，就是這種君子之交，能夠細水長流，涓涓不息。

如今我們仍書信往來，維持着最原始的溝通方式。我會寄她新書，包括這還未寫好的一本。

她留給我許多想像空間，包括她的樣貌，她的聲音，她的日常生活景況。而因為我有時會在公眾場所出現，難免會想：她會不會是這班聽眾中的一個？

愛過留痕——七個晚上

又到李教授講他年輪上的故事。他說：

那時我已在大學教書，我任教這一系有一個秘書處支援我們的工作，譬如影印文件、出通告之類。職員清一色女性，其中一位叫 Betty，不算最漂亮，但眉目間自有一種風情。

中午我多數吃餐館買的盒飯，她吃的是自備飯盒，還有一個小暖壺裝湯。有一天我讚她的湯味道很香，第二天她就裝了一小碗給我。

喝她的湯成為常規，她的湯壺也大了一號。為了報答，我送她瑤柱、圓肉、蜜棗。

有一天她沒有帶湯壺回來，額上烏青了一塊。聽到跟她要好的一位女同事 Cindy 問她：「他又打你了？

怎麼不去告他家暴？」只見她拿出紙巾來抹眼淚。

一個月之後她沒回來上班。Cindy 趁辦公室沒人對我說：「Betty 辭職去了，她怕她丈夫對你不利，決定離家出走。」

我說我們只是同事關係，她丈夫誤會了。Cindy 說：「在 Betty 心中，不止當你是同事，這一點也不只是我知道。」

李教授喝了一口茶，輕輕歎了一口氣。開始說他的另一個故事：

趁大學長長的暑假，我決定做一次背包客，往中國一個偏遠的角落旅行。

有一天長途巴士出了故障，抵達一小城時已暮色四合。找到一間旅舍，老闆說全舍客滿，我說隨便一個角落讓我躺一宵即可。比我早來的一位女客說：「歡迎你來我房間打地鋪。」像這樣豪爽的女子此生未見過。

想不到我們這夜竟整宵無眠，聊到雞鳴才矇矓睡去。

第二天我們結伴同行，晚飯後她主動邀約同房，說可以省一半房錢。如斯我們聊了七個晚上，談時或歌或哭，或歎或笑，好像共同經歷了一生時光。

第八天我說要回去上班了，她說：「讓我們抱抱好嗎？」

我們抱了很久，我說留個聯絡地址好嗎？她說：「不要！這才使我們更互相思念。」

………………………………

他倒了幾滴茶在几面，拿一塊小毛巾把年輪抹得更清楚。

颶風過後

颶風蘇拉來勢洶洶，本來定於9月1日開學的大中小學將停課一天。連着週六、週日兩天假日，暑假延長了三天。

電視台的記者訪問了幾位小朋友，聽聽他們的感想。

「好開心！又可以玩多幾天！」正在踢球的幾個小朋友爭着說。

「我的暑期作業未做完，正擔心被老師罵，多了幾天可以完成，真好！」一個初中女生說。

「好失望呀！本來以為可以見到同學，現在又要遲幾天。」志羣中學中二A班的同學都認得說這話的是同班的羅耀棠。

「失望個屁！最好打風多幾天！」跟羅耀棠同班的黃國強在家看了電視即時發表他的感言。

羅耀棠真的盼望着開學，他暑假跟爸媽去了加拿大探望爺爺和嫲嫲，拾了一批松果回來，加上眼、耳和尾巴，做成一隻隻松鼠，準備送一隻給同學朱麗娟。

朱麗娟也跟舅父去了南京探望婆婆，帶回來十多粒雨花台石，浸在水裏特別好看，她說要送一粒給羅耀棠。

羅耀棠和朱麗娟是二A班的男班長和女班長，兩人的感情也很好，被人笑稱羅密歐和茱麗葉。

星期一那天羅耀棠找到了升級後的三A班課室，回來的同學已不少，包括朱麗娟和黃國強。

黃國強一見羅耀棠回來，就大聲說：**「好失望呀！本來以為可以見到同學，現在又要遲幾天。」**看過電視的都知道他在模仿羅耀棠，幾個女同學掩着嘴笑。

「朱麗娟，你知道羅耀棠為什麼失望嗎？」黃國強嬉皮笑臉的說。

大家的眼睛都望着朱麗娟。

「他為什麼失望我不知道！但是我也很失望。這個暑假我去南京，我表哥是大學乒乓隊代表，天天幫我操練。我盼望早日跟本校的班際乒乓冠軍較量較量。」朱麗娟說。大家都知道這冠軍是黃國強。全體拍掌叫好。

黃國強一時不知怎樣反應，耳朵卻紅了。

幸福的娟娟

娟娟哭着回家，她在電梯的鏡子裏照過自己，眼睛和鼻子都有點紅，但估計等待做白內障手術的媽媽不會發覺。

她喜歡國傑至少三年了，他們同校但不同級。國傑是學校風頭人物，籃球隊員，風紀隊長，劇社主要演員。

娟娟也是劇社演員，有一次她在劇中飾演他的女朋友，他們在舞台上拖過手，擁抱過。戲做完了，她卻發覺自己脫離不了角色，她愛上了他。

但她知道他是有女朋友的，在附近一間女校就讀。她不止一次看到他們一同步行上學，到學校門外分手時，那女生會悄悄給他一個飛吻。

她也知道自己不應橫刀奪愛，卻總是忍不住找機會親近他。她午膳時坐到他旁邊一同吃，還交換一些食物。她故意問他一些功課，請他吃雪糕作為報答。眼尖的同學發覺他們常在一起，開始取笑他們，娟娟對此從不否認。

今天她鼓起勇氣約他看電影，說是妹妹臨時有事多了一張票。他說已經約了人，對不起。她很失望，決定自己一個去。偏偏看見他就坐在前幾排，旁邊有那女生。

她看到他們頭靠得很近，看到他們共用一支吸管飲汽水。散場時看到他們手拖手。

在回家的路上她開始哭，覺得做人真的沒意思。父親去世那年她才四歲，媽媽整晚整晚的哭，她也跟着哭，好像還沒有今晚如此傷心。因為父親是海員，在家的日子不多，她跟他有點陌生。不像今天這樣，心裏很疼很疼。

娟娟回到家中，媽媽正在燙衫。妹妹去了宿營，家裏很靜。

「媽，我回來了。」她儘量保持聲音平靜。

「煲裏有杏仁糊，趁熱吃。」

「哦，你不怕麻煩！」她知道磨杏仁做糊的工序不簡單。

「剛才肥仔送來一缸魚，放在你電腦桌上。」

娟娟知道「肥仔」指胡耀光，同校同班同大廈。他本來比娟娟高一級，因為成績不好要留班，變成跟娟娟同班。

娟娟知道他喜歡自己，但自己不喜歡他。原因是兩「肥」，一是嫌他胖，二是嫌他「肥」了升級試。

他從娟娟妹妹的嘴裏打聽到這一點，決心減肥，據說已減掉 5 公斤。他的成績也有進步，這個月的中英文默書都及格。

娟娟果然看到電腦桌子的一角多了一個小魚缸，裹面有水藻，還有魚在游動。

她無心欣賞，想先回房收拾一下心情。

「肥仔還留下一封信。」媽呶呶嘴。信在飯桌上。

娟娟拿了信進房，打開是一張生日賀卡。上面除了本來的賀詞，還加上：

親愛的娟娟：

祝你生日快樂！送你神仙魚一對，希望你快樂似神仙！並祝友情永故！

耀耀敬賀

「把『永固』寫成『永故』，係得嘅！」娟娟隨手把卡一丟。忽然記起戲院所見，心中又是一痛。

她兩手掩面，對自己說：「陳娟娟，請保持你的自尊！」她決定從此跟國傑來個冷處理。

忽然記起一本愛情小說中的一句話：「找到你所愛的而且被愛，是人生最大的幸福。」

「我找到所愛而且被愛，我應該感到很幸福，可悲的是他們並非同一人。」

她記起了媽媽的杏仁糊，走出房來，媽媽已經休息，沙發上有她的一堆衣服，從校服到牛仔褲到內衣，件件平整，猶有餘溫。

「媽媽我愛你！」她鼻子一酸，對自己說：「陳娟娟，你已享有人生最大的幸福。」

我們的名字

明芳：

每天寫字，是我最怡悅的時光，因為我知道，你也在寫。

你寫字的年份比我久，天分比我高，字寫得比我好看。是你引發了我練字的興趣。

我有興趣看帖，但沒耐性臨帖。我喜歡抄寫詩詞，書法的和文學的，覺得是雙重享受。

今天我抄寫歐陽修一首《浪淘沙》，有一個驚奇的發現，使我一直歡喜到如今。我先把它抄在下面，你仔細看看，可有什麼發現？

浪淘沙（宋）歐陽修

把酒祝東風，且共從容。垂楊紫陌洛城東，
總是當時攜手處，遊遍芳叢。
聚散苦匆匆，此恨無窮。今年花勝去年紅，
可惜明年花更好，知與誰同？

找到沒有？詞中竟有你和我的名字：「明」、「芳」、「楊」、「洛」。

我查過，這首詞寫於公元 1031 年，離開現在一千多年了，負有盛名的大文學家、大詞人、史學家竟把我們的名字嵌在他的作品中，而居然被我發現了。我相信這是古往今來唯一的一首，顯示了我們的緣分。

我用心抄寫了幾份，傳給你看。你也寫一份給我看。

楊洛

楊洛：

你的發現也使我驚奇，歐陽修這首詞我不但讀過，還會背，但沒有發現其中有我們的名字。

有一件事要告訴你，在加拿大的父母健康出現問題，需要親人照顧，我是他們唯一的女兒，責無旁貸。

本來我們分處港澳，要見面只需幾個小時，但過去也只寥寥幾回。如今相隔萬里，恐怕只能做網上朋友。

其實這首詞也說得清楚：

「聚散苦匆匆，此恨無窮。」
「可惜明年花更好，知與誰同？」

寄上手書《浪淘沙》一紙留念。

珍重！

明芳

雨天之歌

趙麗麗，舞蹈老師，趁長假期獨自往中國內地一非旅遊城市旅遊，她還想找一個人，但寄望不高，只是想碰碰運氣。

一個下雨天，她去菜市場想買點水果。市場人不多，攤販們閒着。

她聽到一把女聲在唱歌：

下大雨，下大雨，
下雨天是好天氣……

趙麗麗好像觸了電，渾身起了雞皮疙瘩。她屏了呼吸找尋歌聲的來源。

下大雨，下大雨，
大雨濕透我三層衣……

歌聲來自一位年輕婦女，她賣的是家用雜貨。

「請問你唱的這首歌是從哪裏學來？」

「我聽妹妹唱得多就學會了。」

「你妹妹是從哪裏學的？」

「不知道，今天是星期天，她會送貨來這裏，快到了，你可以問她。瞧，她來了。」

來的是一個 11、12 歲小姑娘，騎着單車送貨來。

「小妹妹，你好！下大雨，下大雨，這歌你是從哪裏學的？」趙麗麗唱着問。

「是我的鄰居綠妹子唱得多，我就學會了。」

「我可以見見綠妹子嗎？」

「你跟我回去，她就住在我隔壁。」

趙麗麗借用了那位姐姐的單車，一同回到村裏。

綠妹子正在廚房洗碗，趙麗麗道明來意。

「是音樂老師教的，他姓張，不過上個月已經辭職了。」

麗麗的心一沉。

「他為什麼辭職？有沒有說到哪裏去？」

「不知道，或者他有跟校長說。校長就住我們村。」

「你可以帶我去見他嗎？」

「可以。」

趙麗麗騎車跟在綠妹子的單車後面走，想起了那個下雨天。

她跟張明揚都是一間中學的課外活動外聘導師，她教舞蹈，張帶合唱團。兩人愛上了。

一個星期六的下午，她在學校露天操場上教舞蹈，下課了，她開着音樂獨自練習一隻新疆舞。也下了課的張明揚陪她一起跳。跳得正高興，忽然下起大雨來，而且愈下愈大。兩人不但沒有避雨，還愈跳愈開心。

過了幾天，張明揚在鋼琴上唱了這首歌：

下大雨，下大雨，
下雨天是好天氣。
下大雨，下大雨，
大雨濕透我三層衣，
下大雨，下大雨，
頭髮上的雨水往下滴。
有太陽的日子不稀奇，
下大雨的日子難忘記。
下大雨，下大雨，
我們是一對快樂的落湯雞！

他還在合唱團教了這首歌，曲調風趣，聽眾反應良好。

可惜好景不常，在一次車禍中他失去一條腿。雖然裝了義肢，走起路來還是有點跛。

他再無法跟她共舞，開始主動降低感情級數。有一天她在手機上收到他短訊：

麗：

永記那些快樂的日子，遺憾再不能與你共舞。我會繼續教孩子們唱歌，你也會教孩子們跳舞，各自珍重。

揚

趙麗麗見到了校長。

「張老師說他的去向未定，所以沒有留下聯絡地址。」

她離開時雨下得很大。

……下大雨，下大雨，

我們是一對快樂的落湯雞！

她邊踏單車邊唱，臉上分不清是雨水還是淚。

願望

在往阿拉斯加的郵輪上，幾個萍水相逢的男士在甲板上聊天。

最年輕的一位叫 Robert，他說是第一次坐郵輪，這是他多年前的願望，因為工作繁忙，騰不出假期。如果不是女朋友嚴詞相迫，他還下不了決心。他希望能夠在 40 歲前結婚，他現在 39 歲了。再遲怕不夠精力養育孩子，他的目標是兩個。

年紀不大卻已髮線上移的阿標說，他已婚五年，有一個女兒。他希望在 50 歲以前有自己的房子，不用租屋住。他太太沒有上班，靠他一人的收入，一直不夠錢付首期。

頭髮半白的 Stephen 說，他還是單身，喜歡旅行，做過背包客。在一次交通意外中斷了一隻腳，雖然醫好了，卻不能爬山，不能走長途。他的願望是 60 歲以前遊覽 60 個國家，主要是靠郵輪。

Robert 問他已去過多少國家？他說剛好 50 個。

今年 65 歲的牙醫陳立信說，他還不想退休。他的人生有許多經歷，做過不少錯事，行過不少彎路，也獲得深刻的領悟。他想把他獲得的教訓，寫成一本書，供年輕人參考。他寫的部分章節在一本雜誌上發表，讀者反應不錯。他希望在 70 歲以前出版這本書，當做給自己的生日禮物。

最後剩下鬢眉皆白的辛老先生，他說很慚愧，「我是世家子弟，靠豐厚的遺產為生。我結過婚，但如今是單身。我出過 3 本詩集，贏得詩人稱號，但沒有一本銷量過千本。我每年都旅行，沒有數過去過多少國家。我今年 75 歲，希望 80 歲以前達成一個願望。」說罷深深歎了一口氣。

大家都等他說下去。他卻閉上眼睛好像沉浸在回憶裏。

「我在找尋一個人，」終於他望向海天相接處，低聲說，「已經找了40年。我曾經深深傷了她的心，我要對她懺悔我的錯，並且告訴她：『我——仍——然——愛——你！』」

大家靜了下來，只聽到海鷗的叫聲。

足鍊

大學教師聯誼會搞了一個沙灘燒烤聯誼活動，地點是一個私家泳灘。要坐遊艇前往。

大家在公眾碼頭集合，參加者有 50 多人，小孩佔了三分之一。

沙灘水淺沙細，完全沒有石塊和蠔殼刮腳。還有洗手間和淋浴設備。離岸 50 米有個小小浮台。主辦方還請來兩個拯溺員。

七八把大遮陽傘下有輕便桌椅，各人可自由組合。有專人負責燒烤，燒好的豬扒、雞翼、香腸可自由前往領取。

Eugenia 是藝術系新任講師，她教陶瓷和雕塑。同來的三位同事去了游泳，傘下剩下她和吳教授。吳教授畢業自法國一間有名的藝術學校，有博士名銜，教的是油畫。

Eugenia 對吳教授認識不多，從同事口中知道他 50 多歲尚未婚。他的課堂裏常有裸體人物出現，有粗獷的男體，青春的女體，也有老年流浪漢的殘軀。

吳教授知道 Eugenia 能喝，幫她開了一罐啤酒。Eugenia 去拿了一碟子燒烤。

「你為什麼不下水？」他問。

「我怕水。」她尷尬的說。

「我只是換換洗洗怕麻煩。」他說。

「那你為什麼來？」她笑問。

「我不想被人稱為『孤獨精』，我帶了速寫本子來。」他拍拍桌面那本。

他隨即對着 Eugenia 畫起來，叫她隨意坐着別理會。

Eugenia 無意看到他短褲下左腳踝處有一條閃光的銀鍊。這在年輕女性來說不奇怪，她今天就戴着一條。但對一個中年男性大學教授來說就有點不尋常。

好奇心起，憑着她一向表現頑皮，她問：「教授，你這腳鍊可有什麼故事？」

「故事很簡單，」教授說，**「這足鍊本是一對，含義是拴住今生，繫住來世。有人把它解下，戴上別人戒指。我卻未能放下，讓你見笑了。」**

「你是寄望來世了？」她問。

「不，這段感情是無可代替的。」他把速寫撕下送給 Eugenia，她看到自己嘴角頑皮的笑意。

金鎖記

第二次跟芬來到這處景點，和第一次所見最大的不同，是崖邊圍欄上出現了密密的鎖陣，成千上萬個不同形狀的鎖，扣在圍欄的鐵絲網上。每把鎖上有男和女的名字，加上一個日期。也有簡單的祝願：「相守一世」、「天長地久」……

我們還見到一個牌子，上面寫着「金鎖記代客刻字鴛鴦路一號」。

「《金鎖記》是張愛玲的小說，這店有意思，我們去看看。」芬是張迷，我無異議。

從手機地圖上我們找到了鴛鴦路，步行 10 分鐘便到。一號是一間高台上的紅色小樓，屋簷下有金字行書招牌：「金鎖記」。

門的兩旁是一副對聯：

願天下有情人都成了眷屬
是前生注定事莫錯過姻緣

好傢伙，把西湖月老祠的門聯都借過來了。

一進門便聽見正播着《梁祝小提琴協奏曲》，店裏沒有顧客，掌店的一男一女，男的穿灰布長衫，正在用電鑽在一把鎖上刻字；女的穿素色旗袍，身段苗條，兩人皆四十許人。店內四壁掛着各式各樣的鎖。見進來的是兩位長者，估計是遊客而非顧客，女的微笑說：「隨便參觀。」

我看到一本精裝小冊子封面寫着「愛的詞彙」(Love Vocabulary)，隨便翻翻，見：

天成佳偶 A Good Match Made in Heaven
永結同心 United at Heart Forever
永不分離 Together for Life

「生意好嗎？」我問。

「還可以。」她答。

「看外面那麼多鎖便知道。」芬說。

「做幾年了？」我問。

「八年。」她說，「那年我們大學畢業，一同旅行到此。他買了一把鎖卻找不到刻字的。靈機一動開了這家店，一鎖我們就是八年。」

「芬，我們也刻一個好不好？」我忽然浪漫。

「好，」芬說，「就刻『難捨難離』。」

我知道她話中有骨，幾十年夫妻曾經差點分手。

這時那男的插嘴：「刻個『與君偕老』吧，長者八折。」

我們一同把它鎖在網上，我把鑰匙拋下山崖。

觀戰記

那時我們三個無聊的年輕人都住大學宿舍，功課繁忙，家境清寒，對追求異性這回事，想也不敢想。但對學校中的戀愛戰場卻也有一份八卦。

如果每間學校都有「校花」這樣的女同學的話，妙兒肯定算一個。她會打扮會穿衣而且會笑，笑起來一口細白牙加一個酒渦，讓你忍不住多看一眼。而且她喜歡笑，對任何人都不吝嗇。

她家境富有，學校大額捐贈名冊中有她父母的名字。她能歌擅舞，一些校際活動中總看到她的表演。

這樣的女子怎會無人追求，無處不在的狗仔隊鎖定了兩個。兩個都是大學講師，擁有碩士學位，還在準備讀博。一個曾是香港有名的運動員，兩項紀錄的保持者，體格勻稱，一身健康膚色。一個是教育學院的中文系老師，出版過詩集，還會為流行曲填詞。有幾首入選十大流行榜。

運動員老師是妙兒舞會中當然舞伴，他們跳探戈時其他人退場欣賞。中文系老師填的一首歌中就有妙兒的名字。他們追求的手段花式繁多，成為我們三個麻甩睡前的笑料。

這三角之戰持續了一段日子，讀心理學的老馬說妙兒有選擇困難症，他見過她在飯堂拿不定主意要什麼餐。但是他看好運動員，理由是運動員慣於面對失敗，哪個運動員沒輸過？輸了又再來，直到贏金牌。而教育界和文人自尊心重，失敗多兩回就會退出。

老馬的推算沒有錯，大家都發覺填詞人有了新對象。

但妙兒身邊又出現一位新人，是另一間大學的生化系教授，曾經研發過一種流行病疫苗。

老馬說這次運動員遇上強敵了，這種人做實驗可以失敗上萬次，永不言休。

於是我們的觀戰仍在繼續中。

書法展背後的故事

劉郎的詩詞書法展在一間畫廊開幕了，這是他的處女展。

劉郎在書法界缺乏名氣，因此到場的人不多。但畫廊設在商場，有冷氣，有茶點，自然吸引了一些閒人。

據一位偶然前來的書法家說，他的字倒是寫得不錯，最難得是有個人風格。

剪綵時間到了，主人家致歡迎詞，他謙虛的說，自己還未能成家，因別無長處，只是喜歡寫字。而書法成了過去一段日子快樂的追求和失落的安慰。

跟着他介紹三位剪綵嘉賓，說她們都是這是次展覽的促成者，並且感謝她們的協助，包括佈置場地、

迎賓和預備茶點。

三位女士各有風姿，好像約好了穿着旗袍，剪裁合身，秀雅大方。

剪綵後，劉郎依次送上贈禮，各人一幅裱好的條幅，並且請她們一一展示。

第一位是柳之湄，打開是柳永的《蝶戀花》兩句：

衣帶漸寬終不悔，為伊消得人憔悴。

柳是中學中文老師，喜愛古典詩詞，日常愛臨《靈飛經》等小楷。劉郎是公共圖書館助理館長，因柳借書而認識，一見鍾情，為求有共同興趣也寫起字來。但柳已跟一位同事相戀多年，跟劉只談書法和詩詞不及其他。那時劉郎因失戀而消瘦，至今未能恢復體重。

第二位是楊明麗，打開是劉弇的《清平樂》兩句：

斷送一生憔悴，只消幾個黃昏。

楊是政府中文主任，記得下班後曾與他在下亞厘畢道會合，有若干浪漫黃昏。最後卻因性格不合分手。

第三位是馮玉蘭，大學碩士生。打開是李清照的《一剪梅》：

花自飄零水自流，一種相思，兩處閒愁。

劉郎有每日送上一幅字的全年紀錄。馮取得碩士學位後往北大讀博。回來時已在那邊結了婚。

劉郎如今仍是單身，展品中有一幅是他寫給自己的，李商隱《無題》中兩句：

劉郎已恨蓬山遠，更隔蓬山一萬重！

雪人

這是阿晶第三次趁聖誕假期來溫哥華探爺爺嫲嫲，爸媽的工作都很忙，就由阿晶做代表了。

前兩次來都沒有下雪，使阿晶很遺憾。這次來到的第二天，便大雪紛飛。阿晶興奮地跑到雪地裏，張開嘴巴，讓雪花落進嘴裏，還用芭蕾的舞步轉了一個圈又一個圈。

「Hi, where do you come from ？」

一個男孩的聲音。

「Who are you ？」

她覺得他很冒昧，反問。

「My name is John, your neighbour.」

「You speak Chinese?」

他看上去是華裔。

「Both Mandarin and Catonese.」

「你都係香港人？」阿晶立刻「轉台」。

「我七歲從香港來加拿大。」他的廣東話只有少許口音。

既是「同鄉」，交流順暢。原來他們一家從多倫多搬來不久。

她見他手上拿着雪鏟。

「鏟雪？」

「剛做完，可以順手幫你家鏟一鏟。」

「好呀，讓我們一齊做。」

她從車房找到雪鏟，兩人很快做完，還灑了鹽。阿晶但覺渾身溫暖。

「我還要幫鄰家的婆婆鏟雪，她是獨居老人。」

「我又幫！」

鄰家婆婆對他們謝了又謝，還送了兩包自製的薑餅給他們。

她要求 John 第二天幫她在她家門前草地上堆個雪人。

John 看來很有經驗，能把一團不大的雪滾出一個個大小雪球，成為雪人的身體和頭。她們用果菜和樹枝做了雪人的眼睛、鼻子、嘴和手。戴上 John 的聖誕老人帽，圍上阿晶的蘇格蘭絨圍巾。

他們伴着雪人拍了許多照片，立即傳送給世界各地的朋友。

在阿晶快將回去香港的日子，天氣轉暖，雪人有開始融化的跡像。

阿晶對着 John 唱了一首歌：

雪人怎麼不見了？雪人只怕太陽照，太陽一出雪就消……

「John，雪人會化成水氣，暫時離開我們，明年他又會變成雪來見我們。記得他走後替我把圍巾收回來。」

John 把圍巾收回時，發現裏面夾着一張小卡片，上面寫着：**「明年我會跟雪人一同回來。」**

書頁間的回憶

你有約會總會帶一本書，因為你習慣早到，為免等人的無聊，看書是最好的消磨。

看完的書上了架，一放多少年。直到某一天，你想重看這本書，或者你想引用書中一段話，打開時，看到書頁間，夾着一張紙片或一塊樹葉，轉瞬間勾起一段回憶。

可能是兩張電影院的戲票，你記得多少年前那一天，你約她共進晚餐後看電影，你在餐廳等她，時間尚早，你像往常那樣打開書頁。她依時來到，帶着愉快的笑容。晚飯時談得開心，戲院就在附近，你已購了票。你們依時入場，你把票尾夾進書頁。那是一齣愛情片，充滿青春氣息。你看到在男主角示愛時，她的眼睛發亮。你輕撫她的手背，她沒有縮回。這是你們之間第一次的親密接觸。

這一次，書裏掉下一片楓葉。那是一個秋天，你跟她吵架了，吵得比任何一次都厲害，大家都說了傷感情的話，還算了不少舊賬。你跟她不通音信 10 天後，你的氣平了，開始後悔。你打電話給她，她沒有接聽，轉去留言信箱。你向她道歉，約她某日某時在老地方的公園見。

你帶了一本書去，坐在長椅上心不在焉的翻了一半。時間一分一秒過去，頭頂的楓葉隨風飄落，掉在書頁上。你比約定的時間遲了兩小時離開，合上那本書，連同一片楓葉。

一子錯

振宇跟佩儀是本市最有名的設計學院高材生，常在公開比賽中獲獎。但差不多每一次振宇的成績都比佩儀好。

兩人不知不覺有了愛的感覺，同學和家人都覺得他們是理想的一對。

一間大建築公司，在新投得的新市鎮住宅項目中，有一個兒童遊戲場，公開徵求遊樂設計。要求趣味、新穎和安全，那獎金是少有的巨額，對所有設計人都有吸引力。

振宇和佩儀都全程投入，分享了世界各地著名的設計。

不幸在這期間，佩儀的母親因病去世，她婚後 10

年便守寡，獨力養大了唯一的女兒。佩儀的傷痛超乎尋常，設計工作陷於停頓。

是振宇多方安慰和鼓勵，才使她完成了設計，在截止日期前交出作品。

比賽的結果公佈了，首獎獲得者是佩儀，振宇只拿了優異。這是佩儀勝振宇的第一次。所有入選作品在公司屬下一個商場展出，頒獎禮在同地舉行。

佩儀看到了振宇參賽的作品，感到詫異。他看過他的三件初稿，參賽的竟然是最平常的一個。

頒獎禮後振宇約佩儀慶功，兩人吃了豐富的一餐，由佩儀結賬。

當晚振宇收到佩儀的手機短訊：

謝謝你讓我贏了比賽也贏了你，但是我很不開心！！！
你讓我失去一次真正拿冠軍的機會！
你的讓賽說明你其實很不了解我！這使我十分失望！

我們暫停見面一個月，讓大家重新思考今後我們關係的定位。

振宇看了感到意外，把來依偎的貓兒一腳撥開。

「對不起！」他回了三個字，一時不知心中是什麼滋味。

放下

這包信她收藏了 60 年了，放在樟木箱子裏。

信來自把情意寫在紙上的年代，除了精緻的信箋，還有配套的信封，相同和不同的郵票。

信來自一位作家，寫小說寫散文也寫詩，而寫給她的信在詩與散文之間。

那 48 封信她看了何止 48 遍？沒有別的文字能令她看一遍笑一遍哭一遍；更沒有別的文字能令她臉紅心跳。

都是過去的事了，往事本已依稀，重讀卻如在目前。如今他浪跡何處，漸遠漸無消息。

這批信她藏得很好，但有三次想將它們消滅。

第一次是她新婚，要把她私人的物件搬往新居。過往的一段感情，沒理由不將它們捨棄。銷毀前她用整夜的時間把信重讀一遍，覺得是自己青春年代生命最美麗的一段日子的紀錄。她替自己找到個理由：歷史無罪，既然已經與那人再無聯繫，留下來應無道德上的問題。

第二次是她移民，裝箱前要將許多物件變賣或送人，48 封信只有兩個選擇：銷毀或伴隨。這期間她跟丈夫感情上出現不少問題，她對這批信有了更多的依戀。於是信在樟木箱中飄洋過海。

第三次是她慶祝 80 歲生日之後，這幾年她有好幾個同學和朋友離世，她知道自己餘下的日子不多，而丈夫健康比她良好，她一旦離去，這些信一定會被他發現。令他生氣的不是她的過去，而是保存這些信的用心。

趁丈夫會去美國慶賀老師的百歲生辰，她有機會處理掉這批信。

在丈夫飛走的第二天，她從清晨開始讀信，身旁放了一盒紙巾。沒有下廚，隨便咬了兩片麪包。天色漸暗，在她面前用來盛灰的是一個退役的煮茶葉蛋的不鏽鋼大煲。**她劃着一根火柴，藍色一點小火，點燃了那封編號第一的信。朦朧間她在火光中看到他一抹頑皮的笑。**

一往情深

他每天在巴士站都見到她。

「她是在等我吧？」

有一天他比平日遲了，竟然見她還在。

「這不是證明了嗎？」

車上有不少空位，她選擇坐他旁邊。還跟他微笑點頭。

原來他們在同一幢商廈上班，真是有緣。

乘電梯前他會買一份報紙，電梯門關了一半又打開，他看到是她為他按了 open。

他新造了一套深藍西服，第二天就見到她也穿了

深藍套裝。

「情侶裝，有意的配合？」

午餐他去附近一家茶餐廳進食，全廳滿座，她竟與他搭檯，開始了第一次交往。她開朗大方，言詞親切，就像相熟朋友一樣。

他們約定今後誰先到誰就為對方留位，免得為找座位徬徨。

他們交談的範圍漸廣，他知道她跟健康欠佳的母親同居，是一個孝順女兒。他也告訴她離婚三年，如今獨居。她對他離婚的原因好像很感興趣，問他吸取了什麼教訓。

「她是在了解作為丈夫的他存在什麼問題。」

有一次他扭傷了腳踝，走路有點瘸，她拿了一瓶用過的跌打酒給他，說她試過很有效。

「這麼的關心真難得。」

有一次他獨自去看一齣很多人談論的電影，本想約她同去，試探的結果，她說下班後不想留母親一人在家。

偏偏在戲院裏他看到她跟一位男士同來。

「這樣的好女子有人追求一點不奇怪。她不直說是怕我難過，也說明他們的感情還未確定。」

有一次他去超市購物，見她跟看戲的男士在一起，男士正把一袋米放進一輛小汽車的車尾廂，她提着一大包廁紙跟在後面。任何人看見都會以為他們是小兩口。

「這位朋友很有服務精神。她每天陪我午膳何嘗不被人誤會？」

不過他心裏還是有點不舒服。

「『一口苦水勝於一盞白湯』，葉聖陶說的。」他在貨架上拿了 10 包王老吉。

選擇

翠文是兒童書插畫家，因為她的作品充滿童真和詩意，雖然收費比一般畫家高，卻也邀稿不斷。

她需要一個安靜舒適的環境，所以在離爸媽不遠處租了一個小單位，自由自在的沉浸在一個個童話世界。

她長得標致，性格爽朗，因此同時有三個追求者。

嚴謹是出版社社長，青年有為，行內已有名氣。他欣賞翠文的才氣，認為她的前途應不止於此，鼓勵她考讀大學藝術系碩士課程。翠文每次用電腦上傳作品，他都會約她見面提出意見。出版界活動不少，嚴謹常邀請翠文參加。他帶翠文認識幾位知名度極高的國畫家和油畫家，慫恿她拜他們為師。可是翠文發覺大師們好像不大看得起兒童插畫，她對國畫山水、抽象油畫也興趣不大。

方政是中學副校長，翠文的大學同學。每天最少給翠文兩個電話，噓寒問暖，尤其注意翠文的飲食，介紹兩三種健康飲食計劃，並且想知道她每天的生活日程，對她的異性朋友十分關注，不停提醒她交友要謹慎。

林泉是一家出版社的語文教科書編輯，也寫過幾本童話書，其中一本由翠文插畫。這天他公司停電，不用上班，WhatsApp 翠文，說天氣很好，有沒有興趣到離島一遊。翠文剛完成一本書，也想休息一下。隨便穿上T恤牛仔褲，依時到了碼頭。關閘的鐘聲響起，他們匆匆登船，在船上才發覺不是原先的目的地。想不到這陌生地方風景絕美。翠文拍了不少豬、牛、雞、鴨的照片，兩人在路邊小食檔吃了魚蛋、豬皮。船期所限，他們黃昏前回到市區。翠文要去林泉家探望老貓蘇絲，牠吃過翠文的小食（林泉給的），對她十分親熱。翠文抱着牠不覺在沙發上睡着了。

一年後翠文嫁給了林泉，她選擇的理由是：跟他在一起最舒服。

這樣就很好

外面開始下雪，能有一個白色聖誕，不錯。

包了 50 隻餃子，準備送給隔鄰 George，他今早送了一盒薑餅來，說是自己做的。

他吃過我包的餃子，讚不絕口，說比中國餐館的雲吞好吃多了。

George 是單身漢，第一次認識他在我搬來不久。那時我還未買車，要搭巴士去超市。那天我買了很多東西從超市出來，準備去搭巴士。巴士班期疏，錯過一班要等半小時。

一出超市便往巴士站走，東西有點重。

「Hi，我是 George，是你的鄰居。」

我打量他，記得鄰居的確有這麼一個絡腮鬍子。

「我有車，可以送你回去。」

車上他簡單介紹自己，職業是牙醫，從鄰埠搬來不到半年。妻子留在原地，他們離婚了，沒有孩子。

他說我剛搬來，不熟悉環境，有什麼事可以問他，我們交換了電話號碼。

跟着我買車，找家庭醫生，買房屋保險，都詢問他意見。他也知道我離婚了，有一個兒子跟我前夫在另一個城市生活。我發覺他在知道我的情況後，對我的關心增加了。

他開始在剪草之後，也同時幫我剪了，他說我的草地不大，10 分鐘就剪完。

他養了一隻狗，我也養了一隻，他約我每天一同去放狗。我們有愉快交談的時間。他知道了我的生日，那天我收到他 12 枝玫瑰，是他自己種的。

這個聖誕前夕，我感到獨居的寂寞。隱隱感覺他對我有不一般的情意。**這時我聽到屋外有鏟雪的聲音，從窗子外望，雪花濛濛中是他在幫我鏟雪。我的心動了一下，但立即想起婚姻生活的痛，一個聲音對我說：「你現在這樣就很好！」**

夢會

她來了。

像往常一樣，長袖白襯衣淺藍牛仔褲。素顏，臉色比以前蒼白。

「近日可好？」我們差不多同時說。

輕輕擁抱，懷中感覺到她身體的顫動。她的臉貼着我的臉，微涼。

「想你！」我說。

她放開我，以含淚的眼看我，我也淚眼看她。我們緊緊相握，她忽然嗚咽：「來一趟真的不易！」

「辛苦你了！告訴我怎樣可以找到你？」我說。

「時間到了，我們自然會相會。」她說。

「平常你都做些什麼？」我問。

「看書、種花、寫字、彈琴、讀經。」她說，「你還在填詞？」

「盡是懷人之作，字字都是淚。」我說。

「分離是痛，世界還是美好的，藍天白雲，青山綠水，萬花爭豔，朝陽夕暉，好好欣賞，別讓悲痛摧殘健康。注意飲食，勿拈煙酒，早睡早起，注意運動。」她輕撫我的臉龐，無限憐惜。

「如果健康推遲了我們再會的日子，恕我不能聽從你的忠告。」我哽咽搖頭。

她伸手拭去我臉上的淚，「時間到了，後會有期。近日我在學你寫詩，有兩句送你：**銜恨願為天上月，年年猶得向郎圓。**」

忽然一陣狂風吹來，燈滅人渺。我驚惶中醒來，枕上濕了一片。

她從來不曾寫詩，怎麼忽然寫了出來？

「等我！」我輕呼她的名字。

（根據清納蘭性德悼念亡妻之《沁園春》詞前小序改寫之現代版。文中的兩句詩，照引原作。）

代代有情

樣貌、體質會一代代傳下去，而更強有力的傳遞是情。

嫲嫲不識英文

小波和小雯自小就被告知：嫲嫲不識英文，對她要講中文。

小波和小雯的中文在退步中，因為他們生活在英語國家。他們的老師和同學講的都是英文，漸漸把幼兒時期講的中文忘記了大半。

每次小波小雯見到嫲嫲時，英文隨口而出，嫲嫲總不回答。爸媽如在場，就會說：「講中文！」

就因為這樣，他們會幫爸媽接講中文的電話：「請等等。」、「他們不在家，你貴姓？」

事後客人還對他們的爸媽稱讚孩子會講中文，說這樣的孩子愈來愈少了。

其實嫲嫲是香港人，她說得最多的是粵語。兩小孩也會講一些，但他們總是分不清幾時講「多謝」，幾時講「唔該」？還有「小」和「少」的分別。嫲嫲講得最多的笑話是小波把「小學」講成「細嘅學校」。

但兄妹之間對話主要用英語，偶然會夾幾句中文。那是因為英文無法代替，或者不及中文傳神。例如「乞人憎」、「面懵懵」。

小波比小雯大兩歲，但生日是同月只差一天，所以年年一同慶祝。

生日快到了，兩人在討論最想收到什麼禮物。他們在露台用英語講，嫲嫲在廳看報紙。

他們不約而同想養一隻小狗，想像跟小狗玩的樂趣，還要教牠表演種種有趣動作。

小波生日那天，跟小雯一同放學回家。一按門鈴已聽到小狗叫聲，門一開，一隻捲毛小狗立着撲上來。小狗一點也不怕生，是天生的開心果。兩小孩立刻跟牠玩在一起。

「嫲嫲，誰家的小狗？」

「你們的生日禮物。」

＊　＊　＊

「怎麼知道我們想要小狗做禮物？」

一星期後他們知道了答案。

一位客人來訪，是嫲嫲的學生。她對嫲嫲說：

「你是我遇見過最好的英文老師！」

他是爺爺麼？

小德和小樂都有點怕爺爺，因為他規矩多。

全家飲茶時不許玩手機。

吃飯之前要叫人：「爺爺食飯！嫲嫲食飯！阿爸食飯！阿媽食飯！大家食飯！」

吃飯和做功課時要熄電視機。

起牀後要鋪牀摺被。

根據父親說，爺爺當年對兒女更嚴，對孫兒女已寬鬆得多。

爺爺樣子嚴肅，很少見到他笑。父親說，爺爺教書時有個綽號叫「鐵面陳」。

這天小德和小樂約了同學到附近的公園球場踢波，怕爺爺囉嗦就說去同學家溫書。

天氣熱，他們踢了不到一小時，就找了一處樹蔭乘涼，每人一根雪條，準備吃完回家。

「那邊長椅上是不是爺爺？」小德從樹葉的空隙中有發現。

小樂看了一眼連忙把身子一縮。

「你別太緊張，他不會看到我們。」小德說。

「我看未必是爺爺，他在不停的笑！」小樂壓低聲線。

「還在裝鬼臉！」小德說。

他們把頭伸出去，終於看到一部嬰兒車，裏面有個光頭肥 BB，正咧開嘴對着老人家笑。

這時從女廁出來一個女人，他們認得是鄰居李太，好像跟老人家道謝之後推着嬰兒車走了。

老人家也起身走了，他們認得他拿着的手杖，跟爺爺的一個樣。

當爺爺快將經過他們面前時，兩人躲進一個矮樹叢。**還第一次聽見爺爺在唱歌：**

「月光光，照地堂，蝦仔你乖乖瞓落牀⋯⋯」

爺爺的問題

星期天，爸媽外出訪友。爺爺坐在籐椅上閉目養神。難得四個孫兒女同時在家，隨意閒談。

大孫說他決定跳槽，不做保險做記者。原因是記者可以為社會盡點責任，揭露不平事，伸張正義。

爺爺忽然張開眼睛問：「做保險收入好還是做記者收入好？」

大孫說：「保險收入不穩定，但平均一定比記者好。」

爺爺說：「那就不應隨便改行。保險收入靠積累，聽人說記者薪金幾年無調整，年輕人不要空談理想，也要顧及生活的實際需要。」

爺爺又問三孫：「你大學選科決定好了嗎？」

三孫說：「建築系和藝術系都取錄了我，我還未決定。」

爺爺說：「這還用得着考慮嗎？做建築師當然好過做什麼藝術家，未成名時一年賣不到一幅畫。」

爺爺轉頭問二孫女：「聽你媽說你有兩個男朋友，他們都是做什麼的？」

二孫女說：「一個是見習律師，一個讀教大。」

爺爺說：「當然是做律師的有前途，談戀愛不要三心兩意，一腳踏兩船。」

小孫今年 15 歲，還在讀中學。不等爺爺問他什麼，他先問爺爺：「爺爺，你追嫲嫲的時候有沒有對手？」

「當然有！」爺爺忽然豪氣萬丈，「我跟她在同一間公司工作，兩個主任同時追她，她卻揀了我。」

「你是經理？」小孫問。

「我只是普通職員。」爺爺說。

「她為什麼揀你？」小孫問。

「看人不能光是看錢。」爺爺說。

「看來嫲嫲很不實際。」小孫說。

「嫲嫲好嘢！」四個孫兒女同時鼓掌。

「我有什麼好嘢？」午睡剛罷的嫲嫲走了進來。

好夢

志強小學舉辦畢業班旅行宿營，這是第一天。

營地在一個離島，半山的一個青少年中心。

第一天的節目是安頓，認識營地設施，升中講座，晚飯後觀星，然後回宿舍休息。

李國明、張望潮、何士光、胡善任分配在同一間房。沐浴洗漱後見時間還早，玩了一輪冚棉胎、拍七之後各自上牀。

李國明說：「我時時發惡夢，大聲喊，希望不會吵醒大家。」

張望潮說：「不如我們一人講一個好夢，說不定會為大家帶來好夢。」

何士光說：「贊成，我先講！」

他說夢中跟明德小學鬥波，我方輸 3 比 0，還剩 5 分鐘，他連入三球，打和。加時再賽，最後 5 秒鐘，他又入一球，贏了。同學們把他抬起來拋上半空，他就醒了。

胡善任說他父親開車，他坐旁邊，看得多，覺得自己也會開了。有一晚他夢見自己在高速公路上開車，開到 180 咪，十分興奮，直到聽到警車嗚嗚叫才醒來。

張望潮說他夢見自己大考考數學，他最怕的一科，打開試卷，發現每一題都會做，鐘聲響時他剛好做完。他高興地醒來，牀頭的鬧鐘還在響。

最後輪到李國明，他說他父親是海員，在一艘遠洋船上工作，已經有三年沒回家。他最後一次見父親是 9 歲，現在已經 11 歲。11 歲生日那天父親打電話回來，說已吩咐母親買個大蛋糕祝賀他。蛋糕很好吃，他更想念爸爸。這天晚上他發夢父親回來了，強壯的手臂一下抱起他，在他臉上親吻，父親的鬍渣拮得他很癢，他打了個乞嗤醒來，發覺枕頭濕了一片。

大家聽了都靜了下來，**他們天天都可以見到父親，卻不知道這是一種幸福。**

嫲嫲的記性

嫲嫲的記性愈來愈差，大家都知道，她自己也知道。

譬如說她常常忘記吃藥，她要吃的藥已經由她女兒放進標明日期、分開早午晚的藥盒，事後仍然常常發覺漏服。

譬如一些問題她問了又問，相隔還不到 5 分鐘，這就使人覺得不耐。

譬如她記不得已經打了新冠疫苗六針，常常忽然問：「我幾時去打第五針？」

中文電視有好幾個台，她無法選擇想看的台。胡亂按鈕的結果，去了一些奇怪的外語台。

手機上的 WhatsApp 她有時看到有時看不到，想看的留言會突然溜走。

老人家記性不好可以是常態，也可能是腦退化症。兒女們為此擔心，不敢要求她去做測驗，找不到「腳」陪她打牌，只能拿些砌圖遊戲給她玩。

只有頑皮的孫兒阿健不當一回事，嫲嫲愛他、縱他，他是知道的，嫲嫲的健忘成為他的笑料。

星期三那天他問：「嫲嫲今天星期幾？」

「不知道，可是星期二？」

「你記錯，今天是星期六。」

「是嗎？瞧我這記性！」

「星期六你請我吃什麼？」

「嫲嫲怎會不記得，雪糕嘛！這裏有 50 塊錢，你去買。」

「謝謝嫲嫲！」

過了幾天是阿健 11 歲生日，唱了生日歌，切了蛋糕，嫲嫲封了利是，對阿健說：

「快高長大，學業進步！」

跟着說：

「11 年前的 6 月 30 日，星期六，我們在產房外面等你出世，下午 3 點 32 分你出生了，重 7 磅 9 安士，負責接生的醫生姓蘇，她離開時恭喜我。」

這是記性不好的嫲嫲麼？這些細節她都記得，甚至比爸媽還清楚。

爸爸向嫲嫲豎起大拇指。嫲嫲顯得有點自豪，笑着說：

「這叫遠事不忘近事忘。」

阿健忽然有點感動，眼有點濕，心想：「嫲嫲是多麼愛我！」

觀察媽媽

萌仔和華女是孿生兄妹，同校同班讀書。老師出了一條作文題目《我的母親》，作為假期作業。

爸爸說：「雖然媽媽天天在你們身邊，你們對她的認識卻很表面。這次正好給你們一個機會，仔細認識她一下。在作文之前好好觀察她。給你們三天時間，然後向我彙報。」

三天之後，彙報開始。萌仔先說：

「我發現媽媽很會利用時間。她是有計劃的看電視，選定值得看的節目，新聞、時事分析、健康知識、文化藝術……她一面看一面做家務：熨衫、摺衫、淋花、抹塵……或是做運動：體操、拉筋、室內單車……

「她每晚陪我們做功課，解答我們的問題，自己從沒有閒着，check 賬單，寫支票，補襪子，去棗核，剪冬菇腳……

「她在枕邊廁旁放雜誌，每期更新。

「她一面洗碗一面用 speak phone 跟朋友講電話。

「同一個時間她可以做兩件甚至三件事。」

輪到華女了，她說：

「我發覺她做事有計劃，每次上街都想好路線圖，郵局、銀行、圖書館、街市、超市、藥房……要還書最好先放下，買菜排最後。

「她做飯先把材料洗洗切切準備好，根據做每樣菜所需時間，分先後炒、焗、煮、蒸，到開飯時每個菜都是熱辣辣的。在過程空隙，她還把那些碗碟等等盛器洗乾淨，補充五味架上的糖、鹽、醬油、胡椒粉。」

爸爸一面聽一面微笑，他說：

「**你們觀察的結果不但深入認識了媽媽，還可以學習她的做事方法。**你們不知道，她每天乘車上班時，用耳機學習法文，已經考取了高級文憑。」

兩個孩子同時伸出了舌頭。

爺爺的成長課

我們對爺爺的往事很感興趣，今天晚飯吃得早，大家又沒有什麼功課，就纏着他講講往事。以下是爺爺說的：

「我師範畢業那年20歲，找到一間鄉村小學任教。因為交通不便，要在學校留宿，開學前兩天，已經搬過去。

「宿舍是舊日書舍，跟課室連在一起。唯一的同事姓陳住閣樓，我住門旁一小間。

「同事陳先生家住離島，有家有室，教過幾年書，比我有經驗。

「他說他教初小我教高小，他說他教音樂（他會吹口琴）和體育，我教美勞，我都沒意見。

「他說沒有公車從墟市到學校，知道我全家會搬來這邊的市區，叫我買部單車上下班。晚飯後他願意帶我踩單車走一轉。學校有一部校工用的舊單車我可借用。

「晚飯後我們出發了，他帶頭我尾隨，漸漸我跟不上了，直到見他回轉頭。我也掉頭回校去。很快又不見他蹤影。

「想不到我被一塊石頭絆倒，單車脫了鍊，我嘗試裝回去，弄得滿手黑機油卻不成功。只能推車走回去。

「天色愈來愈昏暗，路變得很漫長。終於我隱約聽到口琴聲，向着聲音走，回到學校。

「陳先生已上了閣樓，沒有下來打招呼。我感到被拋棄的不快。以我的生活經驗，友伴應互相照顧和關心。」

「我第一次明白，人家只當你是工作夥伴，並無友誼可言。而你已是獨立的成年人，他沒有義務要特別

照顧你。

「我要學習自己照顧好自己，不指望其他人的幫助。

「這是我成長的一課。」

爺爺繼續說他的往事：

「這天晚上我為明天開學要做的事重新準備了一下，上牀後胃開始痛，而且愈痛愈厲害。不用尋找也知道沒有帶胃藥。行李箱裏有包梳打餅，找出來吃了兩塊，想喝水發覺暖水壺是空的。想起以前我身體不適的話，媽媽就緊張，又探熱又吃藥又催促看醫生，如今獨自面對卻一籌莫展。

「今後要注意飲食，適當穿衣，保暖防凍，帶備藥物，多吃水果，多飲水，多做運動。懂得愛護自己，免得父母擔憂。

「這晚終於在胃痛減輕後朦朧睡去。

「第二天是開學日，家長和學生擾攘了兩個小時，因為是複式上課，我負責四五年級（未有六年級）。家長散去後開始編排座位，卻發生了一件意外。

「我聽到『嘣』的一聲，跟着是學生嘩然。我看到一個五年級男生，躺睡地上，手腳抽搐，口吐白沫。

「這情況我曾見過，知道是羊癇發作。

「隔壁課堂的陳先生聞聲過來看了一眼便回去自己那邊。我知道這時我是課室裏的話事人，亂不得。

「我高聲說：『所有的同學回座位坐好。』

「我把跌在地上的同學打側身睡。

「叫附近的同學把桌椅移遠一點。

「徵得紙巾抹掉他嘴角的痰涎。

「我知道他會在 5 分鐘左右醒來，果然如此。

「因為學校連辦公室也沒有，我請校工倒杯水給他，讓他伏案休息。

「我叫認識他家的同學帶校工叔叔去通知他的家人。

「課室安靜下來，我繼續開學日的工作，包括抄時間表。

「他的家人很快來到，是他母親。因為這已不是第一次發生，選擇讓他留校。

「我發覺我能臨危不亂，具備常識，妥善處理。說明我是一個及格老師。我對自己的信心增加了。這是我成長的又一課。」

祖父的福氣

祖父今年 92 歲了，除了經常咳嗽，耳朵不大好，走路不大穩之外，也沒有什麼大毛病。

只是他的瞌睡特別多，剛睡醒，電視新聞看到一半又睡着了。每天都急着看報紙，埋怨送報的派得遲。可是看不到 10 分鐘他又睡着了。

常有人說他福氣好，子女孝順，身體健康，肯定活過 100 歲。他總是笑着說：

「別咒我！我不想做什麼人瑞。」

他還會列舉他的理由：沒有牙齒吃東西，大小便失禁，出入坐輪椅，惹人討厭。還有：樣子很難看！

他跟朋友講電話，雙方聲音都很大，因為耳朵不好，又不喜歡戴助聽器。大家時常聽到他們說，最大

的福氣是一睡不醒，不用滿身插滿管子，又化療又電療，過生不如死的日子。

近來祖父的胃口漸漸轉差，大便出現不消化的食物，體重減輕。看過醫生，做了不少檢驗。醫生說，沒有什麼急性病，只是多種機能衰退，無藥可醫，只能吃營養奶補充消耗。

祖父也不拒絕，只是開始安排一些事務，把銀行戶口全轉了名，把一些物件分贈家人和朋友。

這天是星期天，爸媽跟舊同事去離島旅行，輝仔在家陪爺爺。上午 9 時還不見爺爺從房間出來，輝仔進房去看他。

爺爺剛好醒來，他揉揉眼睛說：「我剛才做夢回到童年時，在小河裏游泳，在庭園捉蟋蟀，爬樹摘柿子，大風天放紙鷂，我見到當年玩伴：阿牛，阿德，阿娟……我玩得很疲倦，兩條腿邁不開……阿娟叫我到她家看她新養的小白兔，我腳一滑跌了一跤……」

「爺爺，媽媽煲了皮蛋瘦肉粥，你起來吃罷。」

「爺爺玩得很疲倦，還想睡……」他閉上眼睛。

爺爺再沒有醒過來。

三兄弟

他們三人在同一個屋邨度過少年時代，一同踢球，一同追女，以兄弟相稱，60 年後各有各的生活。

大哥如今在加拿大，退休已二十多年。這天是星期日，屋外雪深逾尺，鄰家聖誕燈飾天未暗已在閃耀，隔着雙層玻璃仍可聽到稔熟的聖誕歌聲。

電視機隨意開着，他聽到娛樂新聞報道一個熟悉的名字，當年的老二在一個電影金像獎中又獲最佳導演。他見到老二穿着整齊的禮服，髮已全禿，除腳步有點不穩外，笑容仍有魅力，言詞仍然風趣。想到他坐十多個小時的航機，去領那個不能吃不能用的獎座，實在難為。他家裏這樣的東西已經有幾十個，路遠迢迢還去拿來做什麼？

一個歌唱節目中他見到老三又唱又跳，早聽聞他的歌唱生涯差不多已告終結，但「鹹魚返生」，一個偶然的機會，重上舞台。

舊日歌迷星散，新的粉絲熱情不減。還聽說他在一個樂壇歌唱榜上跟一班做得他孫子的年輕人爭一日之長短。「老三，你真行！」

他端起咖啡敬了他一杯，「不過別跳得那麼勁，當心我們的老骨頭。」

這時一對孿生的孫仔孫女一同走過來，用甜甜的稚音一齊說：

「爺爺抱我！」不待答應，就一同往他身上爬。

電話鈴響，太太聽了把電話拿給他。他一邊一個攬着孫兒女聽電話。

「不了，不了，謝謝你們！……真的不用考慮了，對不起！……」

他把電話 off 了。

「誰打來？」太太問。

「香港一間學院想頒發一個終身成就獎給我，我推掉了。」他把電話遞還太太，因為兩個孫兒壓住他起不了身。

「爺爺，I love you ！」太太說。他不去，她少了多少擔心。

「Me too!」孫仔孫女齊聲說，雖然他們不知發生什麼事，但各人在爺爺臉上親了一個。

爺爺的時間

晚飯時間，爺爺剛拿起筷子，電話響了，父親接聽。

「他不在……不清楚……拜拜！」掛線。

父親對爺爺說，「張明揚，總喜歡吃飯時間打來。」

電話又響……

「別聽。」爺爺說，「總不會有好事。」

電話響了六七聲，停了。

爺爺知道電話多數找他，因為找其他人會打手機。

而找他不是請他演講，就是請他接受訪問，答應

了就得花時間準備。

「他們忘記我今年 90 歲了，剩下的時間無多，浪費不起。」

「爺爺，那個叫國棟的天天打電話來，有什麼事？」媽媽說。

「有什麼事！發表他對政治的高見，俄烏戰爭，以哈衝突，台灣選舉，中美互鬥……」

「關你什麼事？ cut 他線嘛。」媽媽說。

「有時我把電話放在一旁，10 分鐘後拿起來他還在講。」

「何詩雯是不是向你投訴她老公？」媽媽問。

「她認為是我們做的媒人，她老公又是我學生，有事就向我投訴。」

「馮智卓是不是還那麼煩？」爸爸問。

「他那個同鄉會人事糾紛沒停過，他說我是顧問，要向我報告，其實他最喜歡背後講人是非。」

「爺爺你那有這許多時間應酬這些煩人？不如改個電話號碼，從此耳根清淨。」爸爸說。

「我真想這樣做，不想再浪費生命。」爺爺說。

「爺爺，我昨晚做了一個奇怪的夢，想告訴你。你講的醜小鴨故事還沒講完，你今晚繼續講。」4 歲的弟弟說。

「細佬你別煩着爺爺好不好？爺爺剛才說他的時間不可以再浪費。」6 歲的姐姐說。

「阿玲、阿健，爺爺最喜歡跟你們談話，你們要多陪陪爺爺，陪的時間愈長，爺爺愈開心。」爺爺說。

「好嘢！」兩姐弟一齊歡呼。

芝麻開門

大B、細B是兩兄弟，大B頑皮懶散，成績差，操行低，常要父母操心。細B聰明勤學，是學校模範生。但兩人感情很好，時常玩在一起。大B本來高細B一級，因成績差要留級，變成大細B同級。大B對細B說，因為捨不得他才故意留級。

兩人之間有不少共同秘密，包括上天台餵流浪貓，去碼頭釣泥鯭……兩人還有一個秘密口令：「芝麻開門！綠豆開門！」誰說了「芝麻開門！」對方必定用「綠豆開門！」來回答。

誰從外面回家，門外一聲「芝麻開門！」門裏一聲「綠豆開門！」門就應聲而開。如果沒有回應，就要按鈴。

兄弟之間通電話，也以這句口令代替「喂！」「Hello!」。

一天下午，只有祖母和細 B 在家。電話響，細 B 在洗手間，祖母接聽。

「喂！」

「你係嫲嫲。」

「你係大 B ？」

「係呀，我在差館。」

「乜嘢事呀？」

「我同人打架，要現金保釋。」

「幾多錢呀？」

「1000 蚊。」

「拎去邊啦？」

「街口 7-11，我叫朋友在那裏等。」

這時細 B 從洗手間出來。

「大 B 同人打架去了差館，要 1000 蚊保釋。」嫲嫲說。

「等我聽。」細 B 接過電話，「芝麻開門！」

「我係大 B。」

「你唔係！」細 B 掛斷電話。

這時門外傳來一聲：「芝麻開門！」

「綠豆開門！」細 B 迅速開門。

走進來的當然是大 B。

生日蛋糕之謎

去年 Alfred 生日那天，一早就有人按門鈴，送來一個生日蛋糕。

蛋糕來自一家餅店，有網上訂購和送餅服務。

蛋糕上有 Alfred 的名字和 Happy Birthday 字樣。

「你訂的？」Alfred 的爸媽同時問對方。

「冇呀！」兩人同時答。

蛋糕的來歷成為一個謎。

這謎在 Alfred 的姐姐 Daisy 生日那天再重複一次。

到最小的妹妹 Helen 生日那天同樣收到蛋糕之後，他們覺得必須把事情弄清楚了。

「這人跟我們關係密切，他不但知道我們的名字，還記得我們的生日。」Alfred 說。

「嫲嫲！」Daisy 和 Helen 同時說。

可是嫲嫲去年染上新冠病毒之後已經永遠離開了他們。

爸爸去餅店了解過情況，餅店在當地很有名，店員清一色女性，態度和善，笑臉迎人。

因為曾經光顧過三次，所以她們都有印象。說是一位中年女士親自前來，穿着整齊，每次都是現金交易，不知道她的名字。

第二年他們搬過一次家，就在同區。

Alfred 生日將近時忽然記起：那神秘蛋糕會不會送去舊地址？

奇妙的是那天一早，蛋糕又送到他們的新居。

這就收窄了他們找尋真相的範圍。

他們認為最大的可能是嫲嫲去世前的安排，她有七個金蘭姐妹，每年多次相聚，飲茶、吃飯、旅行。她如委託她們送蛋糕，應該會找較年輕的幾位。而他們搬家的事只有七妹 Betty 知道。

這天媽媽打電話給七妹：「Betty，是不是你替我哋嫲嫲訂生日蛋糕送來？」

「居然被你們查到！」Betty 說。

原來有一天嫲嫲拿了 3000 塊錢和一張生日表給 Betty，託她照日子和人名送蛋糕。說三個孫兒女都喜歡吃生日蛋糕，她每年各自送一個，如果她不在，就請 Betty 代送，但不要說是她送的。

Alfred 切蛋糕之後，用碟子裝了一塊拿到嫲嫲遺像前：「嫲嫲，謝謝你！」

電話鈴聲

甘之源今天 52 歲生日，他不喜歡熱鬧，只在相熟的酒樓訂了一張桌子，

一共六人。他，妻子，兒子和女兒，岳父和岳母。

桌子獨佔一個小房間，有一個侍應專門招呼他們。

去年的生日宴會也在這裏，那時是七人，他的母親還在，半年前才去世。

甘之源吩咐侍應開七個位，他右邊的位置有餐具但沒有人。大家知道這位置屬於他母親。

當第一道菜來到，大家舉杯向他祝賀時，他為母親斟了一杯酒，舉杯說：**「媽，飲杯！謝謝你帶我來這個世界！謝謝你盡心盡力養大我！」**

隨後他開始回憶，說他初出來工作，把薪水的一半交給媽做家用，她節儉得很，把錢省下來替他買房子的時候做了首期。

他跟妻子都要上班，兩個孩子都是祖母帶大的。清潔、洗燙、煮飯，她做了大部分。

她的話不多但是重複，對兩個孫兒講得最多的是——

「做好功課未？」兩個孫兒同聲說。

對媳婦講得最多的是——

「多啲返去睇阿爸阿媽。」媳婦說。

「親家奶奶好有心。」岳母說。

「對我說得最多的是——有誰知道？」甘之源問。

「小心揸車呀！」甘家三人一同說。

吃了生日蛋糕之後，兩個小孩向甘之源送上禮物，是一部最新型號的手機。當然是媽出錢代表大家的心意。

「爸爸，我們為你設定了一個特別的鈴聲，全世界獨一無二。」兒子說。

「唔？」甘之源好奇。

「留心聽了！」兒子按了鈴聲掣。

「小心揸車呀！小心揸車呀！小心揸車呀……」分明是嫲嫲的聲音。

「怎麼會有的？」甘之源眼濕濕。

「老師要我們做一個 project，題目是《家人的一天》，我記錄了嫲嫲的一天，錄影加錄音。當時她正跟阿爸講電話，最後她講了這一句。」兒子說。

「這句話也代表了我們全體的心意。」媽媽說。

傳承

祖母是浙江湖州人。湖州有很多名產，蠶絲、毛筆、糭子……雖然她後來到了香港，學得一口流利廣東話，每年端午節她都包湖州糭子，不像廣東糭子那麼多餡料，只是糯米、半肥瘦豬肉一小塊和一顆放在糭角的紅棗。

這種湖州糭子全家都覺得好吃，糯米加糭葉的香味，半融化的肥豬肉，紅白相襯的棗子與糯米，點着白糖吃，比包着綠豆、鹹蛋黃的本地糭子更合我們的口味。

祖母用炭爐、火水罐焓糭，一次五十隻，放在當街的騎樓上煮。一煮幾個小時，滿屋都是糭子香。

這湖州糭子不但我們自己吃，還送給識欣賞的朋友，尤其是上海人。爸媽常慨歎說：「上一代的手藝遲早會失傳。」但是他們很忙，上海舖又買得到，就無意去傳承這技藝。

一年又一年過去，老人先後離去。終於來到祖母不在的日子。

這年爸媽參加了郵輪加勒比海遊，為期 20 多天。這是他們的銀婚紀念，二度蜜月。回家的日子是端午前一天。

他們回到家門前，已隱約聞到糭子香。門一開，那熟悉的味道撲面來。

正是下午茶時間，兩個女兒沖了一壺香片，解了兩個糭子請爸媽試味。露台上的爐火還未熄。

爸媽蘸了白糖試試，齊說正是祖母糭子的味道。

「你們怎麼會做的？」爸爸問。

「前年嫲嫲教的，她自覺身體差了。」大女說。

「她說她不在時要我們做。還要我們守秘密。」二女說。

「給你們一個驚喜。」兩個女兒一同說。

「嫲嫲還教了你們什麼？」媽媽問。

「到過年，你們便知道。」大女說。

「茶葉蛋？」爸爸想。

「蘿蔔糕？」媽媽想。

兩個女兒正解開兩個糭子連同筷子放在祖父祖母靈前。

一缸魚

許多年前的事了，他 13 歲，中學一年級生。

在他生日前一個星期，媽媽問他想要什麼生日禮物。他想也不用想：「我要養一缸海水魚。」

看來這是受他舅父影響，舅父家裏就有一大缸海水魚。舅父的家並不大，但有一個 6 呎缸。缸離地 5 呎，他睡在缸底下。每天早上眼睛一睜，就看到魚在他上面游來游去。

海水魚的種類多，顏色鮮，形狀也奇奇怪怪。像海馬、小丑、藍魔，還有各式珊瑚。

他父親聽了眉頭皺：「養一缸海水魚不簡單，光是維持水的鹹度已是學問，溫度、含氧量都要設備，餵食、清潔、換水、防病都花時間。最怕你三分鐘熱度，玩厭了要別人善後。」

他的確有前科，曾經苦苦央求養隻貓，結果他只是陪她玩，餵食、處理排泄物、梳毛都是父親做。

他說這次保證不會麻煩他人，技術問題有舅父指導，魚糧用他的零用錢買。

最後還是祖母愛惜孫兒，封他一封大利是，夠錢裝置了一個 4 呎缸。

他也真的遵守諾言，獨自把一缸魚養成家中最亮麗的風景。

直到他中學畢業，去英國讀大學，才由父親接手打理魚缸。他留學多年，考到海洋生物博士才回港。科技大學聘請了他。

那天他邀請舅父參觀他的辦公室，牆上有他自己手書的牌匾「余娛魚」。他誠懇地向舅父致謝當年的幫助，他說祖母當年的一封大利是成就了今天的他。

探訪期間有電台和報館打電話來詢問近日海岸出現紅潮的事，他已是這類問題的專家。

「媽！」

聖誕新年假期，大部分同學都回去和家人團聚，大學宿舍裏一片冷清，連餐廳也休息。剩下少數幾個人，其中一個是阿玲。

母親年前去世，回港機票又貴，不如留下來完成要寫的論文。

表姐來 WhatsApp 說她認識一位伯母，獨居在溫哥華，如果阿玲願意，可以介紹她去作客，兩人都可免寂寞。這位伯母不久前喪女，悲痛未減。阿玲如能把她當母親看待，有助她早日釋懷。

在表姐的中介下，阿玲跟潘伯母取得聯繫，在聖誕前三天來到風景區的一間小屋，門一開這位中年女士就給了她一個熱情的擁抱。

她被安排住進她女兒的房間，十分整潔，有剛收拾過的痕跡。牆上有伯母女兒的照片，阿玲覺得跟自己有幾分相像。

正是下午茶時間，伯母跟她喝茶、吃自製的曲奇，聽阿玲簡單介紹了自己的情況。隨即約法三章，包括要分擔家務，不得夜歸也謝絕友人來訪。

當日晚餐，伯母下廚做了兩個菜，味道偏淡。用膳時阿玲的手機響了兩次，她簡短回應。

「請你用膳時關掉手機，這是我家的規矩。」

伯母說時臉上沒有笑容，語氣冷冷。

阿玲照做，但覺這個伯母並非容易相處之人。

平安夜，伯母準備了聖誕餐，100% 西式，阿玲幫手洗切和佈置。爐火旺旺，耳際有聖誕音樂。天公湊趣，瑞雪輕灑，營造了一個白色聖誕。

吃甜品時屋外傳來聖誕歌聲，伯母教堂的詩班來報佳音。伯母開門與阿玲一同相迎。十來個青春容顏，獻上天使歌聲。伯母送上自製曲奇一包，逐一擁抱相送。

佳音隊離去後，伯母腳下一滑，跌在雪蓋的草地。

阿玲伸手拉時，自己跌在伯母懷中，但覺溫暖。

「媽！壓痛了你沒有？」喊完才知是口誤。

伯母緊緊抱住她，眼中有淚，笑得很甜。

頸巾

張羣芳就讀女子中學，她是同學中最有男子氣的一個，短髮、肌肉結實、唇上汗毛明顯，說話直接，坐立姿勢隨便。

她體能好，是排球隊長，籃球隊員，校際運動會多項田徑賽代表，其中兩項是紀錄保持者。

她的弱項是家政，好幾樣功課靠母親協助完成。到畢業那天也不曾學會用衣車。

中學畢業她考進教大。面試官得知她的田徑成績，就當場告知取錄了她。

羣芳的外貌雖然是男仔頭，但青春期的賀爾蒙分泌使她想跟男子談戀愛。但教大的同學女多男少，一個學期下來她的追求失敗了兩次。跟她無所不談的表姐對她說，「張羣芳你需要增添一點女人味！」

表姐的建議是留長頭髮，學習化妝，學些女孩子玩藝：整糕點、插花、編織、玩瑜珈……表姐又帶她去教會，那裏的男生特別純品。

羣芳果然很快找到對象，她也開始玩瑜珈、學織冷頸巾。織頸巾的師傅是母親，從第一針開始，正正反反、繞來繞去，頭一個星期織了又拆，拆了又織。男女交往維持了六星期，頸巾織了6吋。

之後她有過兩段羅曼史，技術漸熟練，頸巾織到4呎。

她終於遇上非他不嫁的男子，頸巾長6呎，母親教她做了穗子，她準備送他作為生日禮物。

想不到禮物未送出，那人說只當她是妹妹。

她把自己關在房間裏放聲大哭，頸巾揉成一團用來抹眼淚。

聽到哭聲的爺爺問羣芳的弟弟羣勇發生什麼事？沒有同情心的弟弟說：**「她怕再織下去頸巾會太長了。」**

寒流襲港，晚飯時爺爺若不經意的說：「天氣真冷，明天晨運時要找一條頸巾保暖。」

晚飯後羣芳拿出一個美麗的紙袋，裏面放着她手織的6呎頸巾。

「爺爺你下月生日，這是我小小心意，祝你生日快樂！」

弟弟戴耳環

弟弟今年 14 歲，他有個哥哥 16 歲，有個妹妹 12 歲。

一個星期天，他外出回家，家人全在，妹妹眼利，大聲說：「阿明你戴了耳環！」

全家的視線集中在他耳朵上，他的右耳有一顆貼耳的黑色耳環。

弟弟沒回答，走進洗手間，一則躲避眾人的目光，二則照照鏡子看好不好看。他想戴耳環好久了，今天終於提起勇氣跟一個同學一起，穿耳戴上耳環。當時不覺痛，擔心的是家人的反應。

磨蹭一番，他終於從洗手間出來。表現興奮的還是妹妹，一連串的問題：

「穿耳痛不痛？」她想穿耳多時了，因為怕痛拖延至今。

「學校准不准男生戴耳環？」她就讀的學校連女生也不許。

最後她讚了一句：「阿明你好 man ！」

這倒有點出乎弟弟意料，有人認為男仔戴耳環是「乸型」。

奇怪的是爸爸什麼也沒說，媽媽說：「小心發炎。」

哥哥趁沒人拍了拍他膊頭：「細佬，你係得嘅！」

反應比想像中好，他放下心頭大石。

星期一是假期，媽媽要弟弟送半底蘿蔔糕去給公公。

公公快 90 歲了，眼睛和耳朵都很好，一眼看到弟弟的耳環。

「我給你看一樣東西。」公公說。

他從抽屜的一個盒子裏倒出一個金圈圈。

「這是公公小時戴的耳環，父母怕我男仔長不大，替我戴上耳環當女仔養，為此我被同學嘲笑和欺凌，直到 15 歲才准除下。」

「時代變了，當年討厭的東西，成為潮物。」他搖搖頭。

「你婆婆生前留下不少耳環，要不要揀些去戴？」

「不用了。」他伸伸舌頭，當聽了一個笑話。

祖母

翠碧跟雅思是中學同學，相當要好。

這天雅思對翠碧說：「我嫲嫲不知道從哪裏知道，她跟你嫲嫲是同學，她們當年很要好，所以她想見見你，這個星期六請你來我家喝下午茶。」

翠碧跟嫲嫲其實不太親近，她在香港，嫲嫲跟爺爺在加拿大。

有兩個暑假她去加拿大探望過他們，他們的房子很大，有花園，還養了一隻狗，一隻貓。她跟牠們玩得很熟。嫲嫲做的菜很好吃，因此她回港時重了4磅。

爺爺和嫲嫲也曾回港到過她家，他們住酒店，應酬多，10天裏只跟他們飲過一次茶，吃過兩次晚飯。

翠碧依時到了雅思家，雅思祖母見到翠碧的第一句話就是：「你跟你嫲嫲真像！」

翠碧不是第一次聽人這麼說，都是一些認識她祖母的老人家。翠碧聽了都是不作聲，心想：「嫲嫲這麼難看，說我像她！」

頭髮稀疏，白了一半。眼袋很大，嘴角下彎，再加中央肥胖。「為什麼不說我像媽，她人到中年還是一樣好看。」

下午茶的時候，雅思的祖母話當年，說翠碧的祖母叫楊明莉，年年做班長。考試成績總在前三名，什麼比賽總有她的份。

翠碧暗想：「這方面我真的不如她。」

雅思的祖母又搬出準備好的相片簿，黑白照片記錄着當年學校生活。她指着其中一張說：「這是我們最要好的七姊妹。」

翠碧看到其中一個樣子最突出，皮膚白皙，眼睛明亮，氣質不凡。不由得指着她說：「這個真好看！」

「她就是楊明莉，你嫲嫲。」

人間情事

人間的亮點是情，它永遠在黑暗中發光。

快樂的一天

誰不想「日日是好日」？對她來說，今天並不如意。

早上起來，不見陽光，天黑着臉，後來索性下起雨來，而且下得不小。每天早上的緩步跑只能取消了。近來褲頭有些緊，說明腰粗了。每天坐的時間過久，晨跑是她唯一的運動。

早餐一向簡單，麥片、麵包、煎蛋，煮麥片用的是杏仁奶，倒出來發覺比平常黏稠，還有一陣酸味，看來過期了。一個人能吃多少？過期是常有的事。

巴士站上人龍特別長，逢雨天就是這樣。回到公司比平常遲了半小時。雖然無人責怪，自己心裏卻不舒服。

坐下不久檯頭的電話響，客戶報告地下水管爆裂發生水浸，要求派人視察索賠。上個月才投保的這家，索賠已是第三次。

電話又響，是老爸從老人院來電，說伙食難吃，要求轉院。老人院的伙食少油少糖少鹽，又煮成糊狀，被稱美食家的老父怎會滿意。只能答應下班後斬料探他，轉院的事會努力想辦法。

助手阿雯把打好的文件交來簽字，竟出現三處錯誤，包括一個銀碼打少了一個 0，這已不是第一次。少不免要她注意，語氣就重了點。她竟不聲不響，接過就走。

終於等到下班，天色陰暗，雨仍在下。到燒臘店斬了叉燒、鵝脾，探望了老爸。雖然他吃得很有味道，仍然說了一些令人難過的話。

她同時也為自己斬了半磅燒肉，去酒舖買半打啤酒回家。

付款時那胖胖的收銀員瞥她一眼：

「小姐，身份證。」

這城市 18 歲以下不得買酒。

多年來這還是第一次面對這樣的要求，她含笑把身份證遞上，那年份說明她是 18 歲的兩倍半。

「對不起！」胖收銀員掩嘴而笑。

「謝謝你！」她覺得今天是快樂的一天。

老李的歎息

老李的家庭組合是外母，老婆、女兒和他。

外母只生一女，嫁給老李，年老無依，當然跟女兒、女婿一同生活。自女兒跟老李拍拖開始，外母就反對。她覺得以女兒的條件，起碼可以嫁給醫生、律師、工程師，誰知女兒鬼迷心竅，嫁給這個教書佬，貪他顏值頗高，能言善道脾氣又好。因此外母總覺得這單婚姻是虧了。

外母最不滿意要她跟菲傭同房，累她不敢請朋友來家裏，見她如此屈辱，與菲傭同等待遇。她又嫌菲傭夜間睡覺鼾聲大，使她失眠，又嫌她煮的菜難吃，又懷疑她手腳不乾淨，她的首飾要交女兒保管。現在這個菲傭已是五年裏第三個。

老李的老婆在一家出入口公司做會計，公司業務繁忙，常要 OT。放工回來見到老公在看電視或看報紙就黑面，第一句話就問有沒有監督女兒做功課？如女兒不在家，又問知不知道她去了哪裏？如果見老李在講電話，見她回來就收線，就會說：「使唔使咁驚呀？」她不止一次在電話中對朋友說：「能夠退休早退了，這份工作好累人，老得快，自己已不敢照鏡子。誰叫自己唔識嫁……」

老李的女兒讀中二，他聽說過「中二病」這名詞，對應女兒的表現有八成符合。她強調每個人都有私隱權，毋須定時報行蹤。她的成績處於班上中下，她說知不知道同學個個有補習？她中一時用的是母親的舊手機，中二要求換最新型號，不答應就要求還她這麼多年的新年利是，她自己出錢買。

老李有一次跟幾個老同學多喝了幾杯，吐完苦水，笑說：「我家有皇太后、皇后、公主，但我不是皇帝。我不是老李，我是小李子。」

大家都知道「小李子」是太監李蓮英。

今晚不回家

長假期，大學同學會午間聚餐，地點在會所。

為鼓勵參加，只要是直系親屬，出一份錢，闔府統請。

鍾伯康，第 14 屆畢業生，曾任副會長，積極響應，除兒子出差在外，他夫人、媳婦、大孫女、小男孫，連他自己一共五人參加。

同桌的李茂先也是 14 屆，同樣五人。他自己、李太太、媳婦、大孫、小孫女。

午宴時間不長，兩家捉對兒相談甚歡。

散席時鍾伯康答應李茂先去他家欣賞新買到的幾件玉器，之後下幾盤圍棋。兩人都曾是大學圍棋會的會員，也曾交過手，互有勝負。李同學吩咐家傭買幾隻大閘蟹，家裏有紹興酒。

李太約了鍾太在會所打牌，她已約好兩隻腳，加上鍾太剛剛好。打完就在會所晚飯。

兩家的媳婦約好去逛商場，加上另外兩個相識，聽說某公司正舉行清貨大減價，許多貨品低過八折。逛完商場去附近酒店 high tea。然後看齣電影吃個餐，盡一日之歡。

李家大孫 20 歲，約了 16 歲的鍾家大孫女去遊電單車河，吐露港公路上飛一轉。晚上同去觀看難得一見的流星雨。

「大寶，你跟爺爺還是跟阿媽？」嫲嫲問小孫。

「我跟爺爺。」大寶答。

「爺爺下棋不怕悶死你？」嫲嫲說。

「不怕！」其實他已約好李爺爺的孫女到她家看兩

隻新領養的狗，牠們受過訓練，會玩許多把戲。他們還會到附近去遛狗，不論把飛碟拋多遠都能接住。

鍾家媳婦用手機打回家：「瑪麗亞，我們今晚不回家吃飯，你自己顧自己。」

瑪麗亞記起了老太太常聽的一隻歌：「今天不回家……」這一句她也會唱，高興地唱了起來，今晚她有時間跟遠方的家人暢談了。

改變 Clumsy

阿碧常被母親責罵為「食嘢唔做嘢，做嘢打爛嘢」，其實她食嘢一樣打爛嘢。

她不會煮飯，本來應該幫着開飯和洗碗，但每次都有匙羹和碗喪在她手，媽便改為叫她掃地，她的掃把柄又掃跌一個花瓶。

她的班主任 Miss Tsang 早認識了她的 clumsy，叫阿碧把同學們交的家課簿拿去教員室，她可以跌得一地都是。

上美術課畫水彩，裝水的瓶子被她打翻在地，要找地拖來清理。

化學堂做實驗，她打爛燒瓶、試管是常有的事。

媽媽說粗手笨腳是天生的，阿碧是改不了的啦！爸爸卻沒有失望。

這個暑假爸爸替阿碧找了一份暑期工，是遊客區的一家禮品店。阿碧長得可愛，能說粵語、英語、普通話，老闆黃太是父親朋友，10 分鐘面試就請了她。

黃太跟阿碧講述工作條件，準時上下班，要穿制服，午膳一小時，每週工作六天，逢週一休息，每半月出糧一次。

黃太提醒一點，貨品之中多的是玻璃和瓷器，顧客打爛要照價賠償，職員打爛也要賠半價。

禮品店的生意有時清閒有時忙，清閒時阿碧要為禮品做清潔，附近的建築地盤弄得塵很大。

第一次出糧阿碧拿到港幣 3,200 元，4,000 元扣除了打爛貨品的 800 元。阿碧回家大歎好唔抵，等於白做兩天。

第二次出糧阿碧拿到 3,620 元，有進步。她一樣大歎唔抵，是入舖後解背囊碰跌東西，如果進店之前解背囊就沒事。

第三次也是最後一次出糧，阿碧拿到 4,000 元整。外加爸媽 1,000 元獎金，獎勵她沒有打爛東西。

全家都發現暑期工之後，阿碧的動作多了一份溫柔。

凡人都可是詩人

蘇詩人很想效法陸游，「六十年間萬首詩」，基本上他每天成詩一首，舊詩新詩都有。如果那天的詩他覺得滿意，就會開心；如果不太滿意，就準備再作修改。

不幸的是這兩天竟一首詩也寫不出來，他擔心繆思之神已捨棄了他。

這天早上他太太對鏡梳頭的時候，雙眉微蹙，輕輕歎息了一聲說：

「媽媽說得不錯，白頭髮愈拔愈多。」

蘇詩人聽了心頭一動：「這不是詩嗎？還押韻呢。」他用筆記下，尋思如何續寫下去。

這天是星期天，菲傭放假，蘇太太準備早餐。時近端午，蘇太太煮買回來的幾隻糉子，她忽有所感：

「聞到糉子的香味，便想起媽媽。」

當年的糉子是媽媽包的，她還記得母親手牙並用，紮糉子的情景。

「啊，又是一首懷人詩的開頭。」詩人又立即記下。

菲傭要出門了，化了妝，噴了香水，臨走用簡單的廣東話說：

「禮拜天，好開心！聽下、講下家鄉話，就冇咁悲哀。」

「這不是鄉愁詩麼！」詩人迅速記下。

電話響，是老爸打來，主要是想跟孫女對話，不過詩人先問候他。老人家鬧風濕，兩腿疼痛，要借助手杖走路。

「一副骨頭，用了這麼多年；出點小毛病，是理所當然。」

「哈，老爸出口成詩，居然也押韻。」

爺爺隨即跟四歲的小孫女講電話，詩人聽見女兒問：

「爺爺，爺爺，小花貓是女孩子，為什麼她像你，有鬍子？」

詩人聽到電話筒裏爺爺的笑聲，不知他怎樣回答。

「好一首有趣的兒童詩！」詩人心中讚歎。

「凡人都可是詩人，詩人如今成凡人。」他吟出兩句，但很不滿意。

聲聲入耳

聞其聲，電影錄音師，退休後帶備簡單器材，周遊世界。三年後回到故地，借一間小劇院，邀請朋友試聽他千多個日子所收集到的聲音。

影片的片頭打出「**聲聲入耳**」，隨即是黎明破曉，一隻威武的大雄雞引吭高歌，帶出遠近的雞啼。字幕是「**雄雞一聲天下白**」，李賀的詩。

跟着是農村系列，不同狗隻的吠叫，牛的歎息，豬的哼唧，鵝鴨的聒噪。以春節鑼鼓喧騰，龍獅同舞，配以鞭炮聲作結。

字幕「**空階滴到明**」，溫庭筠的詞，配以簷前水滴，一聲聲響着，進入自然系列一。忽然襲來的霹靂雷聲，狂風暴雨，使人驚心。雨聲漸歇，陽光淺照下鳥兒們快樂地歌唱，以哨吶的《百鳥朝鳳》幾小節作結。

字幕「**喓喓草蟲，趯趯阜螽**」，《詩經》。配以蟋蟀振翅，進入自然系列二。紡織娘、金鈴子合奏夜曲，牛蛙鼓氣配低音 base。月入日出，升至中天，樹上一蟬獨唱，增至林中萬蟬齊鳴，震響猶如機器急轉的工廠。

轉入《城市論壇》的激辯錄影錄音快鏡，字幕是「**百家爭鳴**」。

醫院嬰兒房 baby 們同聲啼哭，學校小息時操場上的奔跑呼叫，朗誦節獨誦齊誦的輪流切換，茶樓顧客的高談闊論，酒樓醉人的豁拳猜枚，路上塞車，車龍數里，不耐煩的司機同時響起喇叭。

寒山寺除夕 108 響的鐘聲開始敲響，字幕「**暮鼓晨鐘**」，進入戰爭與和平系列。政客在新聞片中好戰的叫囂，火箭嘶鳴，爆炸連聲，房屋倒塌，傷者哀號，逃者驚喊。大教堂的鐘聲加入敲響，與寒山寺的鐘聲此起彼伏。僧侶誦經，不同信眾匍伏祈禱。畫面定格在寒山寺大鐘，一聲聲敲響至劇終。

師父

黃教授今年 92 歲，他有一個 29 歲的女徒弟。

這徒弟不是說了算，是經過正式的拜師儀式的。

那天在一家高級酒樓的貴賓房，筵開三席，參加的包括拜師的卓麗和她的父母。卓麗還恭恭敬敬的行了跪拜禮。

卓麗已在大學取得學士學位，正準備讀碩士。因為她選修哲學，正是黃教授本行。

教授對這乖女孩也欣賞，就答應了她。

許多人都知道黃教授是卓麗師父，她不但口頭親熱地叫，更在幾個社交平台上長期介紹。

這天她派一個年輕夥子送來一包書稿，好重，500多頁，附有特級高麗野山人參一盒。還有信一封：

我最愛的師父大人：

徒兒向您求救了！我的碩士論文已抵達繳交死線（12月31日午夜12時前），徒兒不吃不睡10多天才把它趕出來，無論如何要先請師父過目才敢交上去。

請師父看了給我寶貴意見，時間緊急，要給我五天的修改時間。

知道您不喜歡在電腦上看，所以送上打印稿。

徒兒知道辛苦您了，先在這裏向您叩100個響頭：咚X100！

送上野山人參給您補身，下個月您生日再向您拜壽！

祝長壽千千歲！

你最錫的徒兒卓麗

教授打開論文稿，聽她講過，題目是《宋明理學與佛道》。

「這麼悶的東西真難為了她！」

他看到在鳴謝名單上他名列第一。他知道自己在學術界的地位，他還知道她的指導老師和校外評審委員都曾是他學生。

教授做事一向認真，他花了三天時間，做了詳細批註。

這三天，卓麗參加了三個聖誕舞會。

第四天她晏起，手機上看到師父的WhatsApp:「稿已看完，請派人到取。」

她打手提給師父致謝，接聽的是師父的兒子。他身在醫院，說昨夜父親心絞痛入急症室，醫生已作詳細檢查，說畢竟年紀大了，不樂觀。

「師父，對不起！」卓麗收線後低聲說。

交淺言深

他們雖沒有結拜，感情卻如同兄弟。互相以老大、老二、老三、老四相稱。

可是最近老二卻性情大變，幾次聚會都借故不來。老大生日那次，他來了，瘦了很多，鬍子也長久沒剃。平日喜歡高談闊論的他竟悶聲不響，只顧喝悶酒。酒量不錯的他，居然醉了，要去廁所嘔吐。

事後三個兄弟都曾打電話問他。老大問他瘦了這麼多，身體可有問題？老三問他店鋪生意如何？如今市道不好，可頂得住？

老四問候二嫂和孩子，他冷淡的說沒有問題，多謝大家關心。

老大說老二一定受到嚴重的打擊，一般的問題他

不會瞞我們兄弟，不能吐露的痛，愈是相熟愈不肯說。

老三說像他這樣憋着，對健康損害很大，有什麼辦法讓他發泄一下，說不定對他有幫助。

老四說他在社交平台認識一位山東朋友，最近來港旅遊，一個豪俠漢子，說不定能助一臂。

先是老大打電話給老二，說有要緊事相商，約在一間生意冷淡的酒吧見面。老二先到，等了 10 分鐘收到老大電話，說老三老四與他同車前來，發生了意外，要往警署落案，不能來了。

老二獨自喝悶酒時，一個單身酒客前來搭訕。此人已有酒意，喃喃自語，說來港會網上女友，卻不見影蹤，之前他曾經託香港親戚借給她一大筆錢。

老二聽了，一聲苦笑，講述了自己的故事。講時又哭又笑。最後他們擁抱，互相撫拍。

「天涯何處無芳草，當買一個教訓。」老二勸對方。

「**否極自會泰來，行到水窮處，坐看雲起時！**」對方勸老二。

當他們分手時竟一起唱起 Beyond 的歌來：「一生經過徬徨的掙扎，自信可改變未來。」

三兄弟問這位山東朋友，老二講了什麼痛苦的故事時，他說：「這位兄弟相信我，我當然要為他守秘密。」

椅子

曾經每晨與妻散步，約一小時，路徑有三四個。

隨着年齡的增長，中途要稍作休息。新發展區的路邊設有長椅，是友善的睦鄰態度，顯示了房產的質素。老區大部分是獨立屋，前園花木扶疏，每家都有可觀處。只是路邊沒有可供小坐的設施。

當我們覺得疲倦時，會坐在人家門前的石磬上暫歇。但高度不一定適合，也只能將就着罷了。

一個星期天我們正坐在一家門前的半呎高石磬上，大門開了，一個 11、12 歲的女孩，搬出兩張露天用膠椅。她笑容可愛，說是她哥哥 Simond 叫她搬兩張椅子出來給我們坐。

我抬頭看見二樓窗裏面一個少年正朝我們揮手。

之後有兩個星期日又是那女孩在我們經過時搬出椅子，大概是她哥哥已看到我們走近。

女孩告訴我們 Simond 有病，要長期躺臥牀上，但是他關心家中所有的人。他是最合作的病人。說他除了看書，便是在窗邊望街，他的牀已搬到窗下。他以前的同學上學放學經過時會大聲喊着跟他聊幾句，這是他最快樂的時刻。

又一個星期天我們經過這間屋子，沒有小女孩搬椅子出來，窗後也沒有少年的身影，我們有不祥的預感。

個多月後，我們再經過這裏，發現路邊有張新的長椅。像不少記念亡者的長椅那樣，椅背上有一塊小小的銅牌：Simond Lee（2010-2023）。

一個老人院的下午

這是一個比較高級的加拿大老人院，每逢週六下午茶時間，都有表演。民歌演唱、室樂演奏、魔術表演、民族舞蹈……

每月有一次的是三人絃樂演奏，兩女一男。男的鋼琴伴奏兼唱歌，兩個女的一個拉小提琴，一個拉大提琴，他們義務表演已經三年。

因為演奏的都是大家比較熟悉的歌曲，演奏時一向反應冷漠的院友也會跟着音樂搖擺身體，面帶微笑，好像回到舊日時光。

這個週末，三人只來了兩人，缺席的是琴手。

拉小提琴的 Cindy 開始表演前對大家說：

「我們抱歉今天為大家演奏的只有兩人，Mr

Tomson 身體不適進了醫院，希望大家為他祈禱，祝他早日康復。」

跟着 Cindy 宣佈了當日演奏的曲目："*Ave Maria*"，"*One Day When We Were Young*"，"*Silver Threads Among The Gold*"，"*Auld Lang Syne*"。

當 Cindy 和 Daisy 開始調音時，一個聲音從角落發出：「讓我為你們伴奏。」

大家都向聲音發出的地方望過去，見是來此不久的新院友，一位 70 歲左右的中國人老太太。不知是英語溝通能力不足，還是有點腦退化。

她一日三餐連下午茶都是獨自一人。職員跟她談話常常問非所答，只知道她叫 Mrs Fong。差不多沒有人探望她，院方知道她的家人都回了香港。

「謝謝你！」Cindy 把曲譜放在鋼琴上。Mrs Fong 自己控制輪椅去到鋼琴處，手指在琴鍵上清脆玲瓏地試了一連串的音，Cindy 立時放心了。

第一首是 "*Ave Maria*"，前奏一過，一把清越的高音響起：Ave Maria，Maiden Mild⋯⋯真不相信出自一位 70 歲的老人，餐廳裏響起一陣掌聲。

第二、三首演奏時，年輕的職員帶頭跳舞，引得幾對行動方便的也落場。

終於來到最後的 "*Auld Lang Syne*"，與眾人英文歌合唱的是 Mrs Fong 的中文歌詞：

「怎能忘記舊日朋友，心中能不懷想？舊日朋友豈能相忘，友誼地久天長⋯⋯」

Cindy 的眼睛模糊了。

設計師的難題

鍾暉設計師，開了一間設計公司，公司地址就是他家居所在，整間公司就只他一人。因為「皮費」輕，生意雖不多，但足夠維持。

最近他接了一間新玩具公司的整套設計：Logo、信紙、信封、名片、廣告、購物袋……最重要的當然是公司名字，從公司招牌到所有代表公司的物件上都是必備元素。

公司資本雄厚，規模龐大，旗艦店位置在本市最大新商場，面積 20,000 平方呎。未來計劃兩年內開三間分店。

公司名稱是《陪你玩・玩具王國》。CEO 陳毓秀女士，是鍾暉的中學同學，就因為這點關係，她把設計交給他，但這位女士作風的嚴苛認真，在商界也是出了名的。

對鍾暉來說，這是一個重要顧客，今後所有的廣告設計都會交給他。

陳毓秀對公司名稱的設計要求是天真、活潑、稚拙，有孩子氣。

鍾暉不但是設計師，還是書法家。他用心做了五個設計，陳毓秀都不滿意，說一看便知是大人學細路，那成人的氣味還在，看上去不自然。

鍾暉只得再嘗試，他試過用左手寫，甚至用左腳、右腳寫，寫出來歪歪扭扭自己也不滿意。他開始煩躁，把設計紙亂揉亂撕。嚇得他太太把自己和 4 歲的女兒關進房裏。

死線愈來愈近，許多前期工程等待他的設計。

這天他去美術用品店買材料，回來時太太拿一張紙給他看，他眼前一亮，上面寫的店名，**充滿童真，活潑又調皮，還有他沒法表達的笨拙。**

「誰寫的？」他驚呼。

「囡囡。」太太說，「她弄得一手是墨，正在洗手。」

鍾暉知道這字體一定能通過，只是不知道要不要告訴陳毓秀出自四歲女兒的手。

尋夢記

作家蕭風寫書 30 年，作品曾經暢銷一時，近日漸覺靈感枯竭，下「鍵」唯艱。

他洗臉、刷牙、吃飯、蹲廁的時候都用來找尋題材，尤其是睡前，他用這個來催眠。如有所得，牀頭几上有紙筆將之記下。

某夜，他做了一個夢，夢很長，是個長篇故事。主角一時是他人，一時又是他自己。這故事使他情緒大波動，他哭，他笑，他歎息，他憤怒，他徬徨，他驚慌，他愛得甜也愛得苦……

醒來時，他覺得這故事完全可以寫成一本書，而且將是他最成功的一本書。

情緒的起落波動，使他感到疲倦，他也想把夢繼續，再尋夢中滋味。因此他沉沉睡去。

醒來已是第二天早上，依稀記得昨夜做了個奇夢，是寫作的絕好題材，但其中人物、故事和細節，竟和以前的夢境一樣，醒後便了無痕跡。

這使他十分懊惱，就好像在電腦上打了一萬字，卻因為沒有儲存，按錯掣化為烏有。

他無法去思索其他題材，一味拷打自己的記憶，結果影像愈來愈稀薄。

在無法可想的情況下，他寄望於夢境重現。他提早上牀，向靈感之神默禱。一連兩個晚上，他做了兩個有關連的夢。

一個是新書發佈會，他夢中的故事已寫成新書出版。發佈會上他向大家講述故事的來源。一個是十本好書頒獎禮，他上台領獎，重述成書奇遇。

可惜兩個夢對書的內容，都沒有任何提示，包括書的名字。

更可惜的是蕭風竟從此沒有新著。

年初一的電話

大年初一，龍老先生像平常一樣，天未亮就起牀。

洗漱後開着煤氣爐，重煲那 85 隻茶葉蛋，幾十年來舊曆新年必備的點心。

坐到書桌上拿起毛筆，恭恭敬敬在預先準備的紅紙上寫道：「甲辰年新春開筆萬事如意」。

天色已明，早幾年這該是電話拜年的時間。有一個不成文的規矩，後輩要先向長輩拜年。凡年齡較對方小的就是後輩。

那時第一位要拜年的是金石家陳老師，他仍在開車，最近換領駕駛執照可以開車到 102 歲。他聲如洪鐘接電話，說遲些約他去吃上海菜。而每次一定是他結賬。

第二位是人稱詩書畫三絕的梁老師，梁老師風度翩翩，言詞親切，但並非人人獲此待遇，害怕他直言相斥的人不少。

第三位是義工王麥公，在社團探訪隊中他最年長，以 90 高齡探訪 70 歲的對象是常有的事。

第四位是粵劇界長老黃師傅，他性急，你還沒找他，他已先找你。但他一早就在打電話，因此電話不易接通。

有一位作家前輩江伯，電話卻是免打。因為他怕煩，一早就把電話擱起了。

龍老先生看看手上的拜年電話 list，發現這五位如今都已不在，他自己已到了安坐等電話拜年的階段。

名單上還有一位姓古的書法家，回流香港近年，沒有他香港的電話。

龍老先生心中一陣悲涼。司命之神手持鐮刀，整排的一代人被收割去了，如今自己已處第一線。

電話突然響起，正出神的龍老先生嚇一跳，拿起電話，一個熟悉的聲音：

「古大為，恭喜龍兄龍馬精神，萬事勝意！」

「恭喜！恭喜！古老師幾時回來的？」

「昨天早上，有時差，整晚沒睡。」

「何日回港？之前約一天飲茶。」

「不回去了。下月有一個百歲書法展，請來指教！請柬不日寄上。」

好傢伙，100 歲還有此魄力！龍某，你也要振作！

他去正沸騰的大煲裏勺出一顆茶葉蛋。

漸變

程可立，油畫家，他的作品很不一般，給人詭異不安的感覺。

因此一年賣不出三兩幅。他也搞過三次畫展，由於名氣不響，宣傳不足，七天的展期只售出一幅。

畫友張之珀開幕閉幕都來捧場，他的作品賣得不錯。他很欣賞程可立的作品，有強烈的個人風格，蘊涵着對人生的悲傷和無奈，但曲高和寡，是市場毒藥。

「可立兄，我很喜歡你的作品風格，我剛才已訂購了一幅。不過如果你肯稍為投入流行市場，等雅俗共賞，未必不是好事。」張之珀說得婉轉。

「之珀謝謝你！作為藝術家有自己的理想和堅持，幸而我還有不為五斗米折腰的本錢，要迎合世人俗眼，恕我做不到。」程可立態度倔強。

展覽受到冷遇，心裏總不是滋味。他把作品放上臉書，每次總有十來個 like。那年春節，他畫了一幅童年春節的回憶。有龍有獅有爆竹有春聯有壓歲錢，難得的喜氣。雖然有歲月不居的悵惘，卻也有溫暖的情意。想不到給 like 的竟躍升到 100 多，這帶給他不少安慰。

在隨後的日子裏，他的作品出現了輕微的變化，有較多的人情味，淡淡的世俗情。而他的粉絲與日俱增，並且賣掉不少作品。

有一天他的好友張之珀在臉書上鋪了他的兩幅作品，標題是《從 2018 到 2024》。程可立驚見自己的畫風有了明顯的改變，從原先的冷變得他看不起的俗。

他冒出一身冷汗，原來在不知不覺中，他被牽引……

「我的藝術是不是在墮落中？」他想。

他的漸變是好是壞，看法不一。但創作者被俗世牽引的確值得警惕。

一字之差

王國祥跟李志超是中學同學，王是文具店老闆，李是中學教師，兩人都已退休。

兩人失去聯絡多年，最近才相遇。這天相約喝茶，互訴別後情況。

李志超教學 40 年，退休後環遊世界，閒時種花養魚，讀書寫字。

老伴體力尚健。育有一子一女，各有理想工作。

王國祥慨歎一事無成，他說被《論語》上一句話所累，這句話是「三思而後行」。

他中學畢業，考不進本地大學，但英國一間大學肯收。當然不是什麼名校，學費也相當貴。當時他父親開設一間牙雕工場，產品遠銷歐美，很想兒子繼承

祖業。國祥考慮再三，決定留港。想不到父親去世不久，禁止象牙進口，工場被迫倒閉。

工場結束，賣得一筆錢，經紀建議他買兩個單位收租。當時社會發生政治風波，移民者眾，房產大跌。國祥考慮的結果，不敢入市。20年後，房價高升10倍，他那筆錢頂了一間文具店來做，利潤微薄。

說到成家，他一直是孤家寡人。倒也曾結識幾個對象，他嫌一個比他大三歲，一個學歷比他高，一個長得比他高。拖延不決，坐失機會。

李老師說：「此話雖出自《論語》，卻不是孔子所說。魯國大夫季文子，行事謹慎。死後有人告知孔子，說他凡事三思而後行。孔子說：『**再，斯可矣！**』足見孔子也不贊成考慮太多，兩次已足夠。」

李老師繼續說：「你的問題不止考慮太多，最失敗的是差了一個字！」

「差了哪個字？」王國祥急急問。

「人家是『三思而後行』，你卻是『三思而不行』。」李老師說。

「唉，你說中了！」王國祥搖搖頭，「俗語說：『一夜想盡千條計，明朝還是磨豆腐。』我就是這個磨豆腐的。」

妒忌

有說女人善妒，所以「妒」字屬「女」旁。

中國女子以妒記於史冊的有唐朝宰相房玄齡的夫人，「吃醋」的典故就出自她。

其實男人何嘗不妒，莎翁筆下的奧塞羅是其表表者。

小男人張寶羅的妒意也不遑多讓。他第一妒的是他的老婆。他要老婆跟他共用一部手機，因此杜絕了她所有與其他男性的私密來往。他與老婆同一天同一時間同一家理髮店理髮，防止了男性理髮師跟女性顧客之間的感情瓜葛。

張寶羅妒忌別人的兒女考取了哈佛、牛津，跟對方一起時，兒女教育是談話禁區。

張寶羅妒忌同事住在高尚住宅區，自己住在柴灣。當人家問及他住哪裏，他就說港島。

張寶羅妒忌同事職級比他高，薪水比他多，他說：「誰叫我不會擦鞋！」

張寶羅妒忌樣子比他好看，個子比他高的男同事，他說:「許多人其實是金玉其外。馬雲並不靚仔。」

張寶羅妒忌口才比他好的行內人，他說：「口甜舌滑，最要提防。」

張寶羅妒忌 IQ 比他高，轉數比他快的人。一些難題他抓破頭也找不到解決辦法，人家一聽就主意多多。他說：「小事聰明，不及大事沉穩。」

張寶羅的老婆最了解她老公，有一天她約了幾個姐妹打牌，晚了回家，他打了幾個電話來查。他老婆覺得很沒面子，回家罵他：「你妒忌是因為你的自卑感，你最不會妒忌的只有一個老馬！」

老馬孤家寡人，無兒無女，是公司最低薪職員，樣子猥瑣，說話口吃。

「老馬樣樣不如人，但我從不曾聽到他呻苦怨命，妒忌別人。」張太說。

「誰說我不妒忌他！」張寶羅說。

「你妒忌他什麼？」張太問。

「妒忌的滋味其實不好受，我妒忌他的不妒忌。」張寶羅苦着臉說。

兄弟

劉國平和關之傑是幼稚園、小學、中學同學，大學也在同一間，只是科系不同而已。他們不但有這樣的緣分，而且言談投契。兩人都是家中獨子，因此情同兄弟。

劉是《三國》迷，讀到〈桃園結義〉一節，忽生仿效之意。真的焚香酹酒，跪拜立誓：有福同享，有難同當。不能同年同月同日生，但願同年同月同日死。

不幸的是考驗來了，他們竟愛上了同一個女同學。

起初兄弟倆都曾互相透露，愛上了一個很好的女子。兩人極力描繪愛情的幸福和患得患失的痛苦。到他們發現所愛竟是同一人，互為情敵時，劉國平見關之傑一副要死的樣子，義氣充塞胸懷。

「為兄的將會停止追求，就讓她自己決定。」

「阿哥如此義氣，細佬自當追隨。」

兩人緊緊擁抱。

就在同一天，兩人都收到那女孩電話。也不過是平常聊天，但兩人想起自己的承諾，都感到慚愧，覺得對她不公平。

這天晚上，關之傑帶了結他，來到女生宿舍外面的小露台前，他已練熟了一支小夜曲。星月暗淡，他袋中有一枝電筒。照見石階，也讓她看到自己。

關之傑正想在一張長椅上坐下，微光中見已有人比他早到，靜靜坐在那裏，手上還有一捧玫瑰。由於熟悉，他認得這人是誰。

「你怎麼會來的？」兩張嘴發出同一問題。

（明朝宋濂故事改寫）

特别人物

特別的人處特別之境，行特別之事，給我們特別的體悟。

獨沽書店

我身在一個離島，由渡輪隨眾上岸，海旁是一條大街。近海那邊是吃海鮮的大型攤檔，另一邊有不少門面不大的小店，做租賃度假屋的生意。

這市況我都熟悉，我有興趣的地方在內街，那裏有些具地方特色的小店，可以買到一些有趣的東西。於是我信步前行，轉了幾個彎，見街角有個「書」字，這就引起了我的注意，走近時見店招是「獨沽一書」。「一書」，只賣一本書？這生意怎麼做？

我推開門簾進去，見書架上堆得滿滿的，但不見有人。

踏進幾步，在向街的窗下一男子正在喝茶，他面前有本打開的書。

「你好！」我說。

「隨便看。」店裏的燈一下亮了，看來為了省電，沒人時他把燈熄了。

我見書架上書並不少，而且都是好書，便問：「店名『獨沽一書』卻是名不副實呀！」

「這是我的名片。」他站起來遞給我。

「獨孤一。」我讀出來，「我以為只有武俠小說上才有人姓獨孤。原來店名從你的姓氏來。」

「也不全是因為這樣，我賣的一定是位居第一的書。」

「這第一由誰定？」我問。

「由歷史定，也由我定。」他說。

「好大的口氣！」我想，「這種人主觀必強，何必跟他拗氣。」

「這恐怕不是生意經，為自己設限。不是應該賣些暢銷書嗎？如風水、烹飪、旅遊、致富之道……」我說。

「我蝕得起。」他看出我並非真意，「為讀者節省時間，等於挽救他們部分的生命，也是一種功德。」他說。

「這倒要請教一下，讓你做我的『救命』恩人。」我順着他的意思說。

「請說。」他邀請我坐下，替我倒了一杯茶，其味甚苦。

「關於中國歷史，你選哪個第一？」我問。

「當然是《史記》，就算是研究中國歷史，一套廿五史也只是擺着，浪費金錢，阻礙地方。」

「這倒也是，」我想，「關於哲學呢？」

「當然是《莊子》，充滿奇思妙想，哲學思考永不過時，文字也是一流。」

「我也這樣看，」我想，再問，「諸子百家你如何選擇？」

「儒家的四書，《大學》、《中庸》、《論語》、《孟子》都包括了，道家當然選《老子》，墨家選《墨子》，其他不看也罷。」

我對文學書興趣最大，於是到他的書架上去看，我看到《詩經》、《楚辭》（屈原的著作），李白、杜甫、白居易、李商隱等人的詩，李煜、蘇軾、李清照、辛棄疾等人的詞，韓愈、柳宗元、歐陽修、蘇軾的古文……

「唐詩、宋詞、古文我都看到多人，為什麼不是選唯一？」我問。

「選多人是因為他們是某種風格和內容的第一，像李白是浪漫第一，杜甫是反映現實第一，白居易是敘

事第一，李商隱是朦朧第一。」

於是我看到《紅樓夢》、《三國演義》、《西遊記》、《水滸傳》、《聊齋誌異》都在架上就知道是各有特色，該當如此。

我看到現代文學的魯迅作品，《吶喊》、《徬徨》具現代小說的開創性；還有他雜文的戰鬥性都是他人難及。

「為什麼沒有新詩？」我問。

「有幾位寫得不錯，但我無法定高下，有待歷史沉澱。」他說。

武俠小說我只看到金庸的作品，這也是我的最愛。

偶然抬頭看到牆上有用狂草寫的幾幅字：獨具慧眼、獨沽一味、獨行其是、獨來獨往、獨斷獨行。

「強調一個『獨』字，你不覺得寂寞麼？」我問。

「有書為伴，怎感寂寞？」他說。

「獨哥哥，我來還書啦！」一個年輕女子闖了進來，她的聲音真好聽。她發現店裏還有別人，有點不好意思。隨即把一個小竹籃裏的一堆番茄放下說：

「我們一同種的，有收穫啦！我嚐過，很好吃。」她瞟我一眼對獨孤說：「我走啦，收舖時再來找你。」我瞥見她放下的是《牡丹亭》。

我想：這獨孤一，即使無書為伴，也不會寂寞。

告別的展覽

書法家李三餘的書法展為期一個月，這天是預展，只招待有請柬人士。

展場設在一間交通不太方便的畫廊，但所有收到請柬的朋友都到了。因為之前他們對這次展覽都有一個參與：書法家要他們寫兩句最喜歡的唐詩，他會書寫出來。

朋友們依時來到，書法家和他的太太帶笑相迎，一一擁抱，兩個學生送上紅酒或果汁，長桌上有多種小食。當然大家第一件事是找尋自己送上的詩句。每個人都找到題寫了上下款的條幅，高質素的裝裱，不同風格的書法，美不勝收。

儀式開始，李太太請大家隨意坐下，她和三餘歡迎大家光臨，但有一個要求，就是請他們說說選這兩句詩的因由。

一位兩鬢斑白穿唐裝學者樣貌的朋友第一個說：「我跟三餘是中學同學，高一開始一同逃學，躲在我舅父村屋裏喝啤酒，晚上就同牀睡覺。杜甫的『**醉眠秋共被，攜手日同行。**』正是當日寫照。」

大家都認識的中樂團指揮說：「我認識三餘在廣州街頭，我們都是考不進大學去流浪的三無青年，我在街頭拉二胡，他用粉筆在地上寫字。賺到一點錢就同去吃麪。『**同是天涯淪落人，相逢何必曾相識。**』」

「我跟三餘是臉書上的朋友，網路上一見如故。他知道這段時間我會回港一行，邀請我參加。『**海內存知己，天涯若比鄰**』最適合形容我們之間的關係。」一位胖胖的中年女士說。

「我跟三餘一家是真正的鄰居，時相往來，守望相助。『**明月好同三徑夜，綠楊宜作兩家春。**』白居易與元八為鄰的詩意，我們也擁有。」說話的是一位留鬍子的老人家！

再聽了幾位發言後，李太太說三餘今天精神不好，休息半小時再繼續。大家見他吞了幾粒藥丸，在一張躺椅上閉目養神。

預展繼續進行，李三餘恢復了精神。

跟着發言的大家都認識，是知名度相當高的政論家。

「我曾經跟三餘在報章和電台評論政事，擁有不少讀者和聽眾，被一個智庫邀請做他們的成員，報酬頗豐厚，還說我們擁有言論自由。想寫什麼都可以。

「智庫的經濟來源是一位企業家，他擁有多家傳媒，起初我們的言論的確可以自由發揮，後來企業家的立場愈來愈向政府傾斜，我們被勸說要『中立』一些。勸說的次數愈來愈頻密，最後我們決定退出。『**可使寸寸折，不能繞指柔。**』白居易吟古劍，正是我們的立場。」

「這兩年我的生活發生巨變，生意失敗，七間店倒閉了六間，妻子久病去世。『**世事茫茫難自料，春愁黯黯獨成眠。**』韋應物這兩句我很有共鳴。」發言的是餐飲業名人。

「『**敢將十指誇針巧，不把雙眉鬥畫長**』，我用 10 隻手指寫五個專欄，每年出兩本書。」大家認得是一位素顏示人的女作家。

「我愛上了一位藝術家，他是知道的。多年來我們保持朋友關係，不影響雙方家庭。『**東邊日出西邊雨，道是無晴還有晴。**』」一位女書法家說。

李太太知道她口中的「藝術家」是誰。

當每一位嘉賓發言之後，李三餘接過太太拿給他的一幅：「**且樂生前一杯酒，何須身後千載名。**」

「這是我寫給自己的。多謝大家光臨！展覽結束之日，還請大家前來，取回你的一幅。來，大家乾一杯！」他一飲而盡。

一個月之後，大家又來到展場，只見李太，不見三餘。

她一身素服，眼含淚光說：

「三餘已於前晚在家中離世，他很開心走前能與大家相聚。」

總統的覆信

夜深了，總統夫人不見總統回房，估計他又在書房睡着了。走去看看，果然！總統桌上的檯燈亮着，總統趴在桌上發出微微的鼾聲。身旁有大疊信件。

總統每天平均收到成千封信，有本國也有外國，有官府也有民間。除少數秘書處不能確定怎樣回答的之外，絕大部分已經打好回信，只等總統簽名。即使如此，處理這批覆信仍是總統的吃重工作。但他堅持一個原則，每封信都會過目，看過之後才簽上名字。

總統夫人輕撫總統頭上白髮，「總統先生，該下班了。」

總統掙扎着醒來，「什麼時候了？」

書房的自鳴鐘敲了一下。

「你未簽名的信還剩五封。」夫人說，「四封公函，一封是一個 8 歲孩子的來信，秘書處都已寫了覆信。」

總統迅速地看了四封公函，並且簽了名。叫夫人讀孩子的信給他聽。

親愛的總統：

我的名字是傑克，今年 8 歲，在白石鎮小學讀三年級。我的爸爸媽媽很愛我，我也愛他們。

我家的小狗名叫多利，聰明又活潑。我家的肥貓叫咪咪，可愛極了。

爺爺說許多年前你曾經來過白石鎮，那時我還未出生。

爺爺像你一樣，頭髮全白了，身體不好，要坐輪椅。你也要注意健康，不要太操勞。

希望你再來白石鎮，試試媽媽做的全世界最好吃的曲奇餅。

傑克

「有趣！」總統說，「我要親自寫回信。」

「他們已替你寫了回信啦。」夫人說。

「那些公函是秘書寫的，就由秘書覆。**這封信是孩子親筆寫的，就由我親筆覆。**」

「親愛的傑克……」總統似乎精神很好。

龔博士

小王，山東人，30 歲，來美七年，新任某著名大學警衛，今天第三天上班，分派巡視教授辦公室和宿舍。

每間辦公室門外都有教師名牌，其中有幾間附有中文名字，他記得一個姓王，因為跟他同姓，一個姓龔，因為他自己屬龍。兩個都有博士名銜，事實上這 Dr 字樣似乎人人都有。

宿舍外有半個籃球場，幾個少年人正在比賽。三人一組，沒有球證。其中有白人也有黑人，唯一的亞洲人個子最矮小，球技也最差。他搶不到球，投籃總是不中，同隊的索性不把球傳給他。

球賽以 30 對 12 分告終，亞洲人這邊輸得難看，散場前，輸球的這方其中一人，冷不防把球向亞洲人擲去，目的當然是泄憤。這一球正中亞洲人面部，當場流下鼻血。

小王迅速致電警衛室，幾分鐘後送來冰塊和止血棉，小王為他止了血。受傷的少年人謝了他。小王見他眼中有淚，畢竟是孩子，除了痛，還有委屈和羞辱。

這時房間裏走出一對中年夫婦，男的頭微禿，戴眼鏡；女的也像個知識分子。他們見少年鼻孔有棉花，女的忙問：「平兒，怎麼啦？」小王聽來親切，是山東鄉音。

「打籃球，碰傷。」這叫平兒的回答。

「這麼不小心！衣服上都有血，回家換一件。多謝這位大哥，請你吃糖。」這位女士看來是少年的母親，她從手提包拿出一盒糖，正是山東特產高粱飴。母子兩人回房去了。

「我是小王，教授貴姓？看來我們是山東同鄉。」

「我姓龔，山東威海衛，來這裏看望孩子，龔平才是教授。」男士說。

「他？ Dr 龔是他？」小王以為聽錯了。

「龔平是數學天才，14 歲得博士，得過幾個國際數學獎，去年大學聘用了他。」龔平的父親說。

不知為什麼，小王忽然覺得龔平很可憐。

垃圾歌王

溫哥華華人聚居的小區，像其他地區一樣，每週倒垃圾一次。早上8時前，大家把垃圾桶推出門前大路邊。垃圾車響着喇叭，奏着音樂，提醒忘記的人家。間中會見到穿着睡袍的女士匆匆忙忙推着垃圾桶出來，如果趕不及，要等下個星期了。

倒垃圾的工友很少華人，這區有一個是例外。大家叫他阿 Lam，一因他姓林，二因他會唱歌。看來他很喜歡唱歌，而且是中文歌。

他工作多年了，對每一家都有一些了解。他在香港來的人家門前會唱《真的漢子》:「做個真的漢子，承擔起痛苦跟失意。投入要我願意，全力幹要幹的事。」

如果是台灣來的他會唱《高山青》，對着窗後窺探他的女孩們唱：

「阿里山的姑娘美如水呀，阿里山的少年壯如山。」唱第二句時他會展示他壯實的臂肌，拎起重重的垃圾桶如無物。

如果是大陸來的人家，他會唱《我的祖國》:「姑娘好像花一樣，小夥子心胸多寬廣。」門前準備上學的女孩會跟着他唱。

如果他發覺一對老夫婦門前沒有垃圾桶，怕他們耳聾又善忘，就會過去大力敲門，還幫他們把垃圾桶推出來。

每到聖誕節他會唱"*Santa Claus Is Coming to Town*"，他會戴一頂聖誕老人的紅帽子。中國春節他會唱《財神到》:「財神到，財神到，得走快兩步！」還真的作勢快走。

他的勤快友善表現，使他在這兩個節日獲得比任何同事都多的禮物，還連同溫暖的感謝和祝福。

至於他在下班後幫那對年老夫婦秋天掃落葉，冬天鏟雪的事，就很少人知道的了。

蔡嬸

移居加國前，曾於大埔林村範圍購一村居住過一段日子。環境愜意，寫了一系列《面山居隨筆》，以其可遠眺大帽山也。

12 年後，趁回港之便，興起重訪舊地的念頭。

來到村口見多了許多西式建築，還有地產公司的廣告。幸而馬路還未進村，水泥窄徑兩旁矮屋依舊，村貌並無大變。

步行十來分鐘後來到舊居，見手植血桐已亭亭如蓋。正張望時兩犬於鐵絲網後衝前狺狺而吠。屋內有人聞聲出來，是陌生面孔，不想解釋，繼續前行。

間中有人迎面而來，似曾相識，亦只微笑點頭。快將出村時，記得有一間屋子是蔡嬸所居，有說她曾在村邊種菜，所以叫菜嬸；有說她丈夫姓蔡，所以是蔡嬸。我離村時她已 70 多歲，還在不在，實在難說。

記得小路一拐彎就是她家，她喜歡坐在門外舊沙發上補襪子，她有四個愛踢球的男孫，襪子破得快。

我有點不相信我的眼睛，坐在破沙發上的正是蔡嬸。除了背脊比以前更駝，樣貌變化不大。

「蔡嬸，你好呀！」我喊她一聲。她抬頭看我一眼，放下手上織針。

「你還是這麼勤力！」我說。

「幫孫新抱織頸巾，過日辰。」她說。

「你還記得我嗎？」我問。

她有點猶疑。

「好多次請你唱歌錄音那個。」那時我正在研究客家山歌。

「濃哥仔嗎，樣子老了，聲音沒變。」她說。

想不到我的聲音竟留存在一個 80 多歲的老人家記憶中十多年。

這時我才發現她身邊睡着一隻黑貓，記得以前是隻黃貓。

我們閒話家常有十來分鐘，告辭時要她多多保重。

我往原路回頭走，忽然有歌聲傳來：

「哥是天上一條龍，妹是地下花一叢；龍唔翻身唔下雨，雨唔灑花花唔紅……」

十多年前我聽過。

二作家

作家甲

作家甲，知名度高，因為他日寫七個專欄。除非你不看報紙，你是任何一份報紙的讀者，也就是他的讀者。

他寫得很快，當年還是用原子筆、原稿紙年代，500 字，他 20 分鐘一揮而就。從來不復看，刊出後也不看。

他每天都跟一班朋友飲茶灌水，朋友來自各界，娛樂界、政界、財經界、傳媒、馬圈，無所不談。有八卦，有秘聞，有內幕消息，有名人動態，有財經預測……所有這些都成為他的寫作材料。也有食肆、影片商放料，借助他的專欄做媒。至於朋友出書，出版社全無宣傳，幫助同行美言幾句，更是義不容辭。稿約雖多，他還有時間打牌，傳聞說他可以一面打牌一面寫。

作家乙

作家乙其實是業餘作家，他的正職是中學教師。他在報章只擁有一個專欄，而且每週只刊登一篇。

他寫得很用心，從構思到醞釀到下筆，總是經過很長的時間。

一個意念出現後，他讓它在腦海中慢慢成長、成熟，有點像胎兒在母腹中逐步發育。

稿子寫出來之後，他會放一放，至少兩日之後拿出來再看。進行較大的修改。

他的專欄引起一家大出版社的注意，向他約稿出書。他從三年的存稿中選取了 100 篇，成書後銷路意外的好，還獲得幾個好書獎。兩家出版社把他兩篇作品選進中學語文課本。

10 年後他再出版了五本書，每本都再版多次。

最後

10 年後，作家甲因病逝世。知名的他在圖書館的目錄上只有他的一本書，作家乙卻有六本。

（本故事純屬虛構，如有雷同，純屬巧合。）

前輩

蕭之韻回家經過大廈的信箱羣，打開自家那個，裏面空無一物。

等電梯時看更李伯叫住他：「你有郵件。」

他把一個公文袋遞給他，「郵差放不進你的信箱，叫我保管着。」

蕭之韻見公文袋上有「虹彩出版社」的標誌，裏面分明是一本書。

「終於來了！」他歡喜的說。

顫抖着手撕開了雞皮紙封口，拿出了裏面的書。

「我寫的！」他把書向李伯揚一揚。

「《心靈的呼嘯》，作者：蕭蕭，是你？」李伯問。

「唔，是我！」低頭翻看。

「講什麼的？」李伯戴上老花鏡。

「詩集。」蕭蕭說。

「借來看看。」李伯伸過頭去。

「這是樣書，遲些會有更多寄來。不過是新詩，你看不懂，也不會有興趣。」

「聽說現在的人只看手機不看書，還有人肯印書嗎？」

「所以這才難得！吶，給你翻翻。」蕭蕭樂於有人分享他的喜悅。

「『獻給親愛的母親』，你倒是孝順！」李伯打開扉頁，見到這一行。

「是她出錢印的，當然要多謝她。」

「哦，實在難得！」李伯讀出第一首，「啊！我的心在高聲吶喊！驚天地！泣鬼神⋯⋯」

「電梯到了！」他搶回李伯手上的書，記起要向母親報喜。

當天他在所有社交平台上報告了這個好消息，獲得一百多個 like，立即有人稱他詩人蕭蕭。

一個月後出版社的社長打電話給他，說《心靈的呼嘯》市場反應不佳。

「賣了多少本？」

「一本也沒賣出。」

「⋯⋯」他不知說什麼好。

「或許請一位詩人前輩推薦一下有幫助，我帶你去見他。」

第二天蕭蕭帶了一本詩集，恭恭敬敬的寫上「木子前輩指正」，在約定的時間跟社長同去拜訪詩人前輩。

門鈴響過，蕭蕭認得開門的正是看更李伯。

想像的故事

有時想像距離現實更近。

天意難測

百年一遇的一場黑雨之後，本市有名的金牌地產經紀陳鏗，說了以下一段經歷。

一家上市公司的董事長約他在辦公室見面，告訴他即將退休，這消息他已在報上看到過。

他想找一處山明水秀的地方頤養天年，看中了赤坎半島，那裏有一處約 100 間獨立屋的建築羣，他想購買其中一間。得知陳鏗在此曾有幾宗交易紀錄，所以找他一談。

陳鏗知道正有幾個單位待售，便在手提電腦上大致介紹了一下，每間售價都近億。

董事長問為什麼以呎價計都偏高？陳鏗說單位面積其實是虛數，實際面積要大三分一甚至一半，但因為是僭建，不方便公開顯示。

董事長問僭建不怕官府要拆嗎？陳鏗說都是 10 年、20 年的老問題了。估計有僭建的單位比沒僭建的還要多。其中一些業主還是退休高官，大家認為他們都不怕，我們怕什麼？

董事長說：「世事難料，退休生活講求的是安逸，花大筆錢居住在不合法單位裏總覺不值。」他要陳鏗幫他找一間完全沒有僭建的。

陳鏗十分努力，終於找到一間，屋主是第一批購買業主，之後主要在國外居住，所以沒有任何改動。

交易順利完成。

五年後一場歷史性暴雨，發生山泥傾瀉，多間房屋的僭建狀況暴露於公眾之前，輿論嘩然，政府責無旁貸，勢必要「做嘢」，牽連所有有僭建住戶都忐忑不安。

那天陳鏗駕車經過董事長那個單位，見他正在前園打太極，氣色甚佳。

「這故事告訴我們，」陳鏗說，「世事難料，天意難測，老實做人，最是安穩。」

荒謬劇

地點：某高級療養病院單人房

人物：億萬富豪梁萬茂，富豪子梁繼茂，富豪孫阿寶，醫生，護士

幕啟：病房中梁萬茂躺在牀上，房中並無他人，電視機開着，正播放《真情》，劉丹，李司棋、薛家燕同場出現。梁萬茂在牀上慢慢欠伸，搓眼睛，不知身在何地。

聽到電視機聲，梁萬茂轉頭看了一眼。梁繼茂率阿寶入，驚見父親醒來。

繼：爸，你醒啦？（轉頭對兒子）阿寶，快去告訴護士姐姐，阿爺醒啦，請醫生來！

（阿寶出）

萬：你是誰？

繼：我是你兒子繼茂。（走近牀邊，俯身）

萬：（警惕）繼茂才 3 歲，怎會是你！

繼：爸，你昏迷了 24 年，今年我 27 歲了。

萬：（冷笑）你怎麼證明你是繼茂？

繼：（拿出名片）瞧！

萬：（讀）梁繼茂，信達企業有限公司董事總經理。

（阿寶入）

寶：我告訴護士姐姐了。

繼：叫爺爺！

寶：爺爺！

繼：你的孫仔梁德寶，今年 8 歲。

萬：我想見我太太。

繼：阿媽去年去世了。

萬：（向阿寶）小朋友，你住在哪裏？

寶：紅山半島 6 號。

萬：（向繼）為什麼地址不對？

繼：（嫌電視機開着有聲浪，熄機）搬家了。

（護士陪醫生入）

醫：梁先生，你終於醒來了。讓我替你檢查一下。（拿聽筒）

萬：不忙！我懷疑這人冒充我兒子。他說我昏迷 24 年，怎麼可能！

記得我每晚追看的《真情》，剛才還在做。不信你開電視。

（護士開電視，除了劉丹、李司棋，畫面還有黎萱和蔣志光。正是《真情》。）

註：2024 年 2 月 1 日見電視重播 1995 年開播的劇集《真情》，寫此短劇。

意外背後

一架波音客機的一扇機艙門突然在空中脫落，幸而沒有發生慘劇。調查委員會報告說，固定艙門的四顆螺栓失蹤，至少有三顆沒有裝上。

下面是事情發生的瘋狂想像。

波音飛機裝配車間，小伙子 Charles 正忙着安裝一道機艙門。

手機響。

「Charles，下班未？」分明是 Daisy 的聲音，

「快了，有事嗎？」

「阿 Bob 約大夥兒去他農場燒烤，在鎮西廣場集合。準 6 點出發。」

「有點趕，我要回家洗澡換衫。」

「你儘量掌握時間，不要次次都是你遲到！」

「怎會次次是我！上次是阿 Paul，前次是 Liza。」

「你的記性倒好！總之遲到的次數你最多！」

「別講了，我要趕工！」

今天的工作特別不順手，電動螺絲批才用過不知放哪裏。鉚釘的數目又不夠。

趕呀，趕呀，4 時 50 分剛好完成。抹抹汗，吹口哨，收拾工具和零件。

咦！怎麼多了三個螺栓？是他們多給了？要從頭檢查來不及了。他順手丟進了用剩的零件盤。

他回家洗澡換衣服，準時 6 時去到鎮西廣場。跟 Bob、Daisy、Paul、Lisa 他們喝啤酒、燒烤到凌晨。

三個月後發生機艙門脫落事件。171 架同型號的飛機宣佈停飛。損失數字暫未公佈。

洗不白的煤球

他是煤球，很黑很黑的一個。因為偶然的錯誤，被放在一個玩具桶裏，跟乒乓球、網球、壘球、絨線球、小皮球、足球等放一起。

煤球發現大家都有點避着他，那乒乓球總是突然滾向一邊，那絨線球左躲右閃。這樣的處境，煤球怎會不明白，他們是怕被煤球污染。

在爸媽的催促下，一個星期天，大寶要把所有的球洗乾淨。他用一個膠洗澡盆放了半盆水，還加了洗潔精。

他把所有的球倒進洗澡盆，忽然發覺水裏出現不少黑色細粒。他找到了原因，把煤球揀出來丟進垃圾桶。

垃圾桶裏的垃圾被輾轉運送，在送上垃圾車之前，煤球滚落跌到一幅牆邊。

一個坐在牆邊的醉漢撿起了他，用嘶啞的聲音唱道：「可是從來那煤蛋兒生來就黑，不管你怎樣洗也是個髒東西！」原來是一個名叫刀郎的新歌歌詞。

醉漢拿着煤球在牆上寫道：「髒東西萬歲！」

寫完就向牆上的一個窗戶隨手一拋。

煤球發現自己掉在一張書桌上，桌燈亮着，沒有人在。桌上有幾枝毛筆，一個硯台，還有一段墨。

「兄弟，你從哪裏來？我們好像是同一家族。」

煤球起初不知道誰跟他說話，後來才知道說話的是那段墨。

「你好！我是煤球，生來就黑，垃圾堆裏的髒東西。你身上有金字，肯定很高貴。」

「我身上寫的是『金不換』，意思是比黃金還珍貴。我也是生來就黑，用我寫出的字畫可以讓人看了很開心。」

「你黑得有用，我黑得惹厭。」煤球長長歎了一口氣。

「煤球兄弟，你心裏藏着一團火，可以帶給人間溫暖，只是要等待一個點燃的時機。」

烏鴉和白鴉

從前有隻烏鴉，不喜歡自己一身黑色，認為在鳥類中地位不高，就是因為全身黑色的羽毛。

從來沒有人將烏鴉供養，餵牠們美味的雀粟；動物園中有孔雀和鸚鵡，接受羣眾圍觀，拍攝牠們美麗的丰采。只有在一個叫「鬼王」的節日，作為恐怖的象徵，在許多人家門前出現。

有一天這隻烏鴉看見一個油漆匠在幫人家漆房子，把本來灰黑的牆髹成白色，牠的心撲通一聲，想到這是一個改變自己的方法。

牠趁油漆師傅在樹蔭下休息的時候，跳進了裝白色油漆的桶裏，還在裏面打了幾個滾。

渾身油漆的牠飛上一棵樹的高處，在那裏把身上

的油漆曬乾。

在一處水潭牠看到自己白色的影子，心中充滿喜悅。牠前後左右照了又照，還在小河水面掠過，為的是看自己夢想已久的新貌。

牠對自己說：「我已不是烏鴉，我是白鴉。」

牠再不像從前那樣在垃圾桶裏翻尋食物，碼頭那邊有間向海的餐廳，遊客用餐後桌上留下吃剩的殘渣，牠跟海鷗們爭吃。

每到黃昏，成羣烏鴉飛到一個小樹林開談話會，你一言我一語一片喧嘩。以前牠也參加過幾回，但知道自己如果出現在牠們面前，一定會被批評和嘲笑，最好離得牠們遠遠的。

牠對自己沙啞的聲音也不滿意，但試了許多回也改變不了。

樹林裏有各種各樣的鳥兒，但對奇異的牠不知如何稱呼。牠就自我介紹，說牠是「白鴉」。

那天牠又在向海的餐廳等食物，聽到一張桌子上的幾個客人在談話。看來他們已經注意到牠。

「你是鳥類學家，可認得欄杆上那隻白色的鳥？」

「看來是隻白色烏鴉。」

「烏鴉也有白色的嗎？」

「包括人類，許多動物都有一種白化病。白化病的烏鴉我倒是第一次見。」

牠聽了不擔心自己患了白化病，遺憾的是專家仍然叫牠「烏鴉」。

「啞！」牠高叫一聲作為抗議飛走了。

父與子

散步海濱，近水處有父子兩人，穿的衣服都一樣。孩子約 4 歲，很忙碌，赤腳水中，拾起小石子，擲向海裏。父親站在那裏看着他，任由孩子玩，若有所思。我把他們拍下，並且展開想像：

潮來潮去，時光回到 30、40 年前，那時他就像身邊的孩子，也曾由父親帶來海邊，玩沙戲水。沒有任何憂慮，每次外出都充滿快樂。

然後是懵懂的小學，祖父母接送上學、放學。放學後總是要求他們在學校多留一會，在校園玩耍。隨着升班，學業愈來愈緊張的中學，到戀愛與大學生活互相編織，一次又一次的甜蜜和心碎。

畢業後經歷職場的考驗，懂得生活不是想像中的容易和美好，面臨嚴酷的挑戰。

結婚了，離開父母建立小家庭，找房子、佈置家居，學習烹飪，結識鄰居，忙碌而溫馨。小寶寶出生了，帶來歡樂，也為他的生病擔心。像許多家庭一樣，夫妻間難免出現這樣那樣的矛盾。

父母健康漸差，看着他們衰老，但無能為力。先後去世留下不能彌補的傷痛。

爭吵不停，跟妻子的感情終於破裂，和平分手，她主動把孩子留給他。

孩子不害怕一次次湧過來的海浪，不厭倦的拋擲着石子。「孩子，玩吧，人生難得有這樣無憂慮的快樂。」

動物故事

牠們不會說話，我們仍然明白。

擔心

從Fefe到來那天，淑敏的家就是一人一貓的世界。

疫情開始，淑敏開始在家工作。Fefe 陪着。

每天早上，是 Fefe 跳上牀把淑敏拱醒，或是伸手輕抓她的頭髮。

淑敏起牀第一件事，便是準備貓糧。Fefe 對食物挑剔，不貴的不吃，不新鮮的不吃。

對貓來說，生活無非三件事：吃、睡、玩。而吃和玩都要靠淑敏去完成。

Fefe 不缺玩具，假老鼠、膠球、蝴蝶結……玩得最興奮的是用橡筋繩吊起的一扎羽毛和小電筒射出的光點。淑敏利用舊紙箱製造一些玩具，在裏面放一個乒乓球就可以玩很久。

淑敏工作時，Fefe 睡一旁。淑敏在沙發上小睡，她擠過來睡身旁。

淑敏上牀睡覺了，Fefe 打呵欠睡她腳旁。

日子天天這樣過，淑敏偶而外出，總會對 Fefe 說：「Fefe 乖，等我回來抱你！」Fefe 總是送她到門口。

這天公司有一個培訓活動，從早上 8 時便開始，在公司實體進行。路程不近，6 時多便要出門。

淑敏 6 時起牀匆匆梳洗，沒空理會 Fefe，裝滿兩碟不同的貓糧，裝水的碟子添了水便出門。

培訓時間長，之後又開會。散會後陪外地來的培訓人員晚餐。

回到家中已是 9 時半。心裏一直記掛 Fefe，從來不曾離開她這麼久。

開了門，開了燈，不見 Fefe 迎接。口裏喊着 Fefe

去找她，只見兩隻碟子裏的貓糧原封不動，裝水的碟子也是滿滿的。

「Fefe ！ Fefe ！」淑敏很心疼。

「可憐的小東西一定很擔心，很害怕，以為我已遺棄了她！這 10 多個小時不吃不飲水，一定已心碎！」

淑敏終於在家中最隱秘的角落找到 Fefe，把她抱起，深深吻她。最後終於聽到她的咕嚕聲，還伸出舌頭舔她的手。

淑敏放她到食盆邊，她馬上急急地吃起來。

護生堂的貓

50 年老舖的藥店護生堂終於走到最後一天，因為房子太舊，整條街要拆遷。

有「死神」之稱的攝影記者阿信哥早已聞風來到，他曾經是某大報記者，現在改行教書，但仍繼續他的專業興趣，要為這個城市將會消失的風景留下記憶。他拍攝過天星、啟德、菜園村、荔園、永和、貴記……記者行家見到他，就知道這地方已經臨終，因此笑稱他為「死神」。

記者們紛紛提問，阿信的攝影機和攝錄機拍個不停。老闆超記今年 60 歲是第三代話事人，近年純中藥生意走下坡，剩下三個夥計，最年輕的也已 55 歲。超嬸每天來舖頭煮午餐，藥店每晚 7 時閂鋪，大家回去吃晚飯。

阿信拍攝了百多個按序排列的抽屜，切藥材的鍘

刀，稱藥的戥秤，計數的算盤……當然不會忘記鎮店之寶那隻叫大黃的大黃貓，貓齡 15，重 15 磅，鎮日在櫃檯一角睡覺，像今天人聲喧嘩，牠好像全聽不到。

晚上 7 時，閂鋪時間到了，拉上鐵閘之後，明天不會再打開。老闆夫婦和三個老夥計，加上不知什麼時候前來的孫仔和孫女，門前來個大合照。阿信看到孫女抱着那肥貓。

一個星期後，阿信依先前取得的地址，上門找超記夫婦做後續訪問，看他們休業後的生活情況。

老闆對阿信說的第一句話是：「大黃失蹤了。」

大黃已失蹤三天，這對全家都是沉重打擊。超嬸連飯也沒心機煮，隨便叫些外賣。大家四出尋找，還貼了大批尋貓街招。

超記拿一張給阿信看，上面有大黃精靈的照片，有失主的電話，許諾有重酬。

阿信看到他們家的牆上、几上有很多大黃的照片，不同年齡跟不同家人合照。

超記請求阿信通知記者行家，協助尋貓。阿信立即拍下街招用 WhatsApp 通知愛貓者和影貓者羣組。

阿信告別超記後不久收到愛貓者羣組管理員阿 Cat 的回覆：「護生堂那條街，晚間有一個叫萍姐的天天餵流浪貓。」

這天晚上 8 時，阿信就到護生堂那條街守候。

天色漸暗，這一區因等待拆遷，行人稀疏。

8 時半，一個中年女子出現，她拿着一個手抽。

她選擇一個牆角蹲下，從手抽中拿出六、七個外賣用膠盒，逐個打開，裏面都是食物。

「開飯囉！」她大聲喊。

立時從不同方向走出五六隻貓兒，去萍姐身畔用膳。

阿信看見其中一隻黃色的像是大黃，走近去看清楚。

「萍姐，這隻黃貓來了多久？」

「才來兩天。」

「大黃是你？跟我回去！」阿信俯身想抱牠，牠立即逃去。阿信看到牠走到護生堂後巷，跳上圍牆，鑽進一扇破玻璃窗。

阿信打了一個電話。

10分鐘後來了一部的士，四個人下車，老闆夫婦和兩個小孩。

超記開了鐵閘，開了店門，未曾開燈，黑暗中已看到一對發亮的眼睛。

依賴

趣趣，你知道這是你的名字。喚你時你會輕聲答應，至少也會望過來。

不知不覺我們已經相處了 15 個年頭，以貓 1 歲等於人 5 歲計，你已是 75 歲。但你仍能從地面一躍而上我的電腦桌子，繞着光屏兜個圈，然後躺在我的左手旁，等待我的撫摸。你尾巴翹翹，表示享受。

最近幾次發覺你居然在桌上睡着了，完全沒有戒心地，說明你對我的依賴又加深了。我是你無時無刻的信託人。

15 年來，我供應罐頭和乾糧。為適應你口味的轉換，牌子換了又換，價錢愈來愈貴。只要你在我面前一蹲，兩隻前腳擺得齊「輯輯」，不論多忙，也會為你開「飯」。而吃，是所有生物最大的需求。

也曾試過疏忽了你的飯餐，你會突然在我的腳踝上咬一口，還真的很痛。你馬上開溜，我除下拖鞋擲你。你四處藏匿，我到處追「殺」。一直「玩」到大家疲乏。但在最近，你雖也曾咬我，但只是意思意思，並不真的切齒。

我晚上睡覺，會叫跟進跟出的你也去你自己的房間睡，你總是不聽。夜間我起牀小解，你會進洗手間打個招呼。我清晨起牀，你已在冷巷那頭不知等了多久。

前不久我回港 10 天，雖然有同樣愛惜你的女兒照顧你，夜間只剩你一個，這期間不知你有多寂寞和恐懼。也曾打電話回來讓你聽，我聽到你咕嚕咕嚕的回應。回家後發覺你更密切的在我身邊，好像怕我又突然消失。

你沒有同類玩伴，你不會自己尋食，你不會看書讀報，你不會看電視玩手機，你一生獨對狹小的家居範圍，是一個家庭的歡樂供應者，我們都欠了你。雖然你仍保留一點貓的矜持，請你讓我多抱抱你。

識趣

我家貓兒名叫趣趣，她知道這是她的名字，她也很識趣。

首先她知道家中何處屬禁區，飯檯她一次也沒有跳上去。主人的睡牀她曾跳上去一趟，被有潔癖的女主人尖聲呼喝，以後再沒有上去過。她已捉摸到一個原則，就是我獨自使用的地方她都可以去。

我獨自使用電腦，所以我一坐在電腦前她就跳上來。繞屏幕一周，踏過鍵盤打出幾行字母，趴在我左手邊享受我的撫摸。

大餐桌是我練字和處理賬務的地方，我坐下來她就跳上來伏在附近，算是陪我。如果有其他人在，她從不跳上來。

她身體如有不適，在獸醫面前充分合作，包括檢查和打針，獸醫都讚她乖。我女兒幫她梳毛她很享受，梳到肚皮會抗拒，也只是作勢咬她。最難得是幫她剪趾甲，許多貓兒都不合作，她卻乖得很。

她肚餓不叫喊，只是坐在我面前。等得久了，以前會在我足踝上咬一口，咬得我相當痛。我會除下拖鞋拋擲她，所以她咬完即逃。近日她已改為輕輕用腳拍我，拍完慣性逃走。我也不再追她，而是趕緊去添貓糧。

內子從來不抱她，不餵她，但趣趣特別給她面子，一叫她的名字便走過去，而且妙聲回答。對其他人從不如此。大概她發覺這位女士在這個家地位最崇高，她也要識趣。

鄰居

張家和李家是鄰居，兩家的家庭狀況很相似。

張先生和李先生都是香港退休的公務員，兩家的兒女仍在香港工作，各自留下兩個男孫在加國讀書，由祖父母照料。

還有，他們家都養了一隻貓，任由牠們在外面晃蕩，肚子餓了才回家吃貓糧。

本來兩家還有點往來，不幸發生了幾件事，鬧得不愉快，就互不理睬。

兩家的後園有一道公共木圍欄，20 多年了，有點舊，斷裂了幾塊。張先生趁屋子裝修之便，想換上新圍欄，依慣例價錢由兩家分擔。張先生跟李先生商量，李先生卻認為無此必要。張先生因此很生氣。

兩家前園的草地沒有間隔緊相連，張先生勤於修剪灑水，草地綠油油一片。李家兩三個月才剪一次草，狼藉一片，還生滿蒲公英、butter cup 等雜草，影響張家景觀。張先生也曾寫信去市政廳投訴，李家收到警告信，胡亂修剪了一回，情況改善有限。當然知道投訴的是誰。

張家後園圍欄邊有兩棵落葉樹，初冬大量落葉，一半落在李家，依慣例由李家清理。李家後園圍欄邊有一棵無花果樹，半棵樹的果子長在張家，依慣例任由張家摘取。這都使兩家互相厭惡。

有時郵差派錯信，兩家不會送去鄰家，寧願丟進郵筒，認為已是仁至義盡。

兩家兩老不知道的是，兩家孩子放學後常在附近公園的籃球場鬥波。兩家的兩隻貓兒正依偎在一家屋頂上曬太陽。

他的動物園

阿 Sam 繼承了他父親一個 1,500 呎的單位，靠遺產在網上投資買賣，因此毋須上班。至於為什麼他的居所成為「動物園」，只有他自己才知其詳。

他飼養的第一隻動物是貓，他 25 歲喜歡了一個女孩，名字就叫 Cat，阿 Cat 在街上收養了一隻流浪貓，美麗而乖巧，阿 Cat 跟牠形影不離。阿 Sam 為了跟她有足夠的話語，表示愛好相同，也在街上抱回一隻。兩隻都沒有做節育手術，聽阿 Cat 的主意，讓牠們交配，生下小貓三隻。一隻送人，餘下兩隻各佔其一。兩人把牠們當兒女看待。

想不到阿 Cat 跟表哥去外國讀書，就此一去不回。一大一小兩隻貓兒仍然跟阿 Sam 一同生活，餵食、鏟屎是他每天的日常。

他飼養的第二隻動物是狗，新搬來的鄰家少女阿寶每天帶狗散步，他們常在電梯遇見。失戀的他找到了新的對象，他故技重試養了一隻唐狗叫阿黃，性格溫馴，能跟貓兒玩在一起，跟阿寶的長毛狗露絲一同出遛也相處愉快。

想不到阿寶的母親再嫁，要跟丈夫回上海做生意，阿寶當然隨行。出發前把露絲交託阿 Sam。最後一次遛狗，她哭得淚人一般，不知是哭狗還是捨不得阿 Sam。

之後阿 Sam 被一個比他小 10 歲的天真女子愛上了，送他一隻同樣天真可愛的天竺鼠。之後被她父親發現了，重重責罵了一頓，事情也就了結。

在臉書上，他跟女友飼養了陸龜，每天要為牠準備素食和照燈，一共養了四隻。

有一天他僅有的一位姑母從加拿大來探望他，因他屋內的氣味不停打噴嚏。最後在一盆虎尾蘭上發現一隻呎半長的大蜥蜴，正瞪眼看她。她驚呼一聲，10 分鐘後告辭。

阿 Sam 的羅曼史，恕我未能盡知。

愛心先生

她見過他幾次，但這是第一次應邀到他家裏去。

從前幾次見面，都是一些愛護動物的活動或講座，他是活躍角色，或是講者，或是獲獎者，會後還要接受記者訪問。

訪問的內容她也在報上看過，在電台聽過。知道他對動物特別有愛心，他養的貓狗，或來自街頭，或從愛護動物協會領養，都是身有殘疾，被人遺棄的一類。經他悉心照料，過着愉快的生活，所以他有愛心先生之稱。

愛心先生還是單身，記者問及此點時，他說要找一個容忍滿屋是動物的對象不易。

愛心先生網上有個愛護動物羣組，他是管理員，交流種種愛護動物經驗，她也參加了。

她育有一狗一貓，都是朋友所贈，健康、活潑，帶給她許許多多的快樂。18 歲那年一場車禍，造成左腳粉碎性骨折，經過多番昂貴又痛苦的治療，她走路微跛，要用手杖。

如今她 26 歲了，也曾戀愛過，雖然遇見過互相喜歡的人，卻敵不過對方父母的反對。

她跟愛心先生先在網上交往，後來相約喝過下午茶，他對她的行動不便，有故意的不在意，但在送她去乘車時有紳士式的照顧。

他依時在車站接她，步行不遠便到。一進門兩狗熱情相迎，她看出一隻獨眼，一隻跛腳。沙發上蹲着一隻貓，他介紹是耳聾的老貓，腎臟有毛病。

她看到牆上掛的照片都是他曾飼養過的動物，還有他領獎的場面。櫃裏櫃外放滿獎座獎狀，他又搬出大疊剪報，都是訪問他的報道。

但是她聞到一陣強烈的動物氣味，也看到貓狗食

盆的狼藉。他有意無意的說：「這個家缺乏一個有愛心的女主人。」

她回家後，想起他這句話，不由得自言自語說：「如果這女主人是我，愛心先生的愛心事跡又添一筆。」

她決定將這段交往淡出。